언령의
주인

BBULMEDIA FANTASY STORY

언령의 주인

5

목차

1.

엄마

스으윽―

값비싼 병실답게 병실의 문은 조용히 열렸다.

'하필 지갑을 떨어뜨리고 오다니…….'

현우의 새엄마인 박예은은 생각했다, 오늘은 정말 되는 일이 하나도 없는 날이라고.

평소의 그녀라면 절대 하지 않았을 실수를 오늘 여러 번 하고 있었으니 그녀가 그렇게 생각하는 것도 무리는 아니었다.

첫째로 현우의 병실에 도시락을 두고 나왔고, 두 번

째로 너무 화가 난 나머지 그녀의 소중한 딸이자 그녀의 유일한 희망인 김예린에게 심한 말을 하고야 말았다.

거기에 마음이 급했던 탓에 지갑마저 떨어뜨렸으니, 그녀로선 정말 최악의 날이 아닐 수 없었다.

'하지만… 오늘만큼은 예린이가 너무했던 거야.'

그녀가 오늘 자신의 딸에게 심한 말을 했다는 것은 인정하지만, 그런 상황을 만든 것은 분명 김예린 자신이었다. 어떻게 그녀가 김현우를 '오빠'라고 부르며 그를 옹호할 수 있다는 말인가. 박예은으로선 이해할 수 없는 일이었다. 아니, 이해하고 싶지도 않았다.

김현우 따위가 어찌 김예린의 오빠가 되어줄 수 있다는 말인가.

분명 무언가 착오가 있었을 것이라고, 그녀는 그렇게 생각했다.

"응?"

멈칫.

그렇게 이런저런 생각을 하며 문을 연 박예은은 병실에 들어서자마자 보이는 광경에 잠시 몸을 움찔할 수밖에 없었다.

그도 그럴 것이, 정면에 보이는 침대 위에서 현우가 가부좌한 자세로 앉아 그녀를 빤히 쳐다보고 있었으니 말이다.

현우의 시선을 느낀 박예은의 눈살이 절로 찌푸려졌다.

'저 기분 나쁜 녀석…….'

수년간 같은 집에 살면서 수도 없이 보아온 현우의 얼굴이지만, 몇 번을 봐도 도저히 정이 가지 않았다.

머리끝부터 발끝까지 비쩍 마른 몰골하며, 시체마냥 창백한 피부, 힘이라곤 전혀 느껴지지 않는 음울한 눈빛, 거기에 새로운 보호자가 된 그녀를 몇 번이고 학교로 불려 가게 만드는, 기괴막측한 행동까지…….

그녀에게 있어서 현우는 인간 이하의 무언가와 다름없었다.

'지 애비란 인간이랑 어쩜 저리 다를까?'

수백 년 세월 탓에 기억이 흐릿해진 현우 본인은 아버지에 대해 잘 기억하고 있지 못하지만, 오히려 이곳 세상에서는 불과 수년밖에 되지 않은 일이기에 박예은 그녀는 비교적 현우의 아버지에 대해 상세히 기억하고 있었다.

듬직한 체구에 중년의 멋이 느껴지는 중후한 인상의 남자.

별로 말이 없지만 현우와 달리 적재적소에 말을 했고, 그 말 한마디, 한마디가 모두 틀린 적이 없었다.

낮은 톤의 목소리는 전체적인 분위기와 어울려 듣는 사람으로 하여금 믿음을 주고 의지가 되었다.

게다가 사람을 가리지 않고 누구에게나 친절하며, 이혼녀에 불과하던 그녀를 만나는 내내 세심하게 배려해 주었고, 그녀의 딸인 김예린도 현우의 아버지를 아주 잘 따르던 것으로 '기억' 했다.

그렇기에 재혼을 결심했고, 후에 현우 아버지 역시 아이가 있다는 말을 들었음에도 걱정하지 않았다.

이런 멋진 남성의 아이로 태어나 교육을 받고 자란 남자아이라면 걱정할 것이 없으리라 생각했기에 그녀는 당시 현우의 아버지가 내밀었던 '현우를 정상적으로 키워 학교를 졸업시킨다' 는, 너무도 당연하게 생각하는 내용의 계약서에 사인까지 하고 덜컥 결혼을 해버리고야 말았던 것이다.

사실 생각해 보면 꽤 이상했다.

아무리 현우의 아버지가 대단한 믿음을 주었다고 한들, 재혼 상대의 아이를 얼굴 한 번 보지도 않고 괜찮을 것이라 생각하여 덜컥 재혼해 버린 것은 물론, 기껏 재혼한 사람은 그녀를 현우가 있던 집으로 보낸 직후 장기 출장을 떠나 몇 달에 겨우 한 번 얼굴을 비추다가 근 1년간은 편지 따위로 연락을 전하고 있다는 점은 누가 봐도 이상한 일이었다.

그리고 그런 것을 보며 여태껏 현우의 아버지가 돌아오기만을 기다리는 박예은의 신뢰 역시도 비정상적이었다.

물론 박예은이 현우의 아버지에게 품은, 무한할 것 같던 신뢰도 어느새 바닥에 이르긴 했다.

최근 들어 더욱 이상해진 현우와 그런 현우 때문에 위험에 빠진 김예린.

더불어 평소라면 상상도 못할 김예린의 이상 행동 탓에 지금 박예은을 붙잡아두는 것은 그녀가 재혼을 결심하며 사인했던 계약서상의 내용이 전부라고 할 수 있었다.

하지만 그럼에도 불구하고 현우와 그의 아버지를 비교하여 우열을 가리는 데 있어서 그녀는 거침이 없었다.

그도 그럴 것이, 비록 신뢰는 많이 옅어졌지만 그녀가 기억하는 현우의 아버지는 현우라는 아들의 존재만 제외하면 세상에서 가장 완벽한 남자였다.

아니, 사실 그 어떤 존재라도 현우보다 밑에 있을 수는 없었다.

앞서 말했다시피 박예은, 현우의 새엄마가 보기에 현우란 존재는 이미 인간 이하의 것이라 치부되고 있었으니 말이다.

빤—히.

그렇게 싫어하는 현우와 병실에 들어오자마자 눈을 마주친 박예은은 가슴 깊은 곳에서 끓어오르는 지독한 혐오감에 애써 그 시선을 피해 병실의 바닥을 훑어보았다.

정확히 어디에 지갑을 두었는지 그녀는 잘 기억하지 못했다.

하지만 처음·도시락을 챙기러 병실에 왔을 때만 해도 지갑에 대한 기억이 있었으니 현우의 병실 내지는 병실에서부터 지갑이 없어졌음을 알아차렸을 때까지 움직인 동선상에 있을 터였다.

물론 그 동선은 이곳 병실에 오는 과정에서 전부 확인했으니, 그 짧은 순간에 누군가 주워 간 게 아니라면 현우의 병실에 있을 게 분명했다.

두리번두리번.

현우와 한 공간에 있다는 것이 싫어서 분주히 주변을 살피는 박예은의 눈이 바쁘게 움직였다.

그리고 한 걸음 더 현우 쪽으로 다가섰을 때.

그녀의 귓가로 오늘은… 아니, 앞으로도 더 이상 듣고 싶지 않은 목소리가 들려왔다.

"왜 그랬지?"

흠칫!

"……뭐?"

뜬금없는 말이었다.

동시에 이해할 수 없는 말이었다.

그래서 그녀는 현우가 자신에게 반말을 했다는 것도

인지하지 못한 채 그저 반문했다.

"왜 그랬냐고."

"너…… 말을?"

하지만 그보다 더 놀라운 사실은 현우가 말을 하고 있다는 점이었다.

불과 조금 전, 그녀에게 맞다가 처음 입을 열었을 때만 해도 현우는 말을 하지 못했다.

아니, 말은 하려는 듯하지만 발음도 제대로 못하는 것이, 마치 장애를 가진 사람의 말투와도 같았다.

순간, 박예은의 이마로 핏대가 섰다.

이렇게 유창하게 말하는 모습에 현우가 아까 전에는 자신을 놀렸다고 여긴 것이다.

그것도 김예린이 병실에 들어오던 순간에 맞춰서 그런 연기를 했다고 생각했다.

덕분에 화목하던 김예린과 그녀 사이에 반목이 생기고, 난생처음 크게 싸우게 되지 않았던가.

박예은은 그 모든 것이 현우의 농간이었다고 생각되자 곱게 나이 든 얼굴이 붉으락푸르락해질 만큼 화가 났다.

"너……!"

"왜지?"

그녀의 입으로부터 욕이 튀어 나오려던 찰나, 현우의 짤막한 한마디가 절묘하게 말을 끊었다.

그리고 그런 현우의 행동에 박예은의 미간 주름이 더 깊어졌다.

행동으로 보건대, 현우는 정상이 아닌 것 같았다.

평소에도 그녀가 보기에 현우는 정상이 아니었지만, 지금의 모습은 그것과는 또 다른, 비정상적인 모습이었다.

평소의 현우로부턴 볼 수 없는 모습이었으니 말이다.

'대체 뭘 궁금해하는 거지?'

혹시 조금 전 자신이 현우를 때린 것을 말하는 것일까?

하지만 그에 대한 설명은 아까의 행동과 말로 충분했다고 생각하는 박예은이었다.

'그럼 왜?'

화난 것이라고 밖엔 안 들리는 무뚝뚝한 현우의 목소

리는 그녀가 생각에 빠지게 만들기에 충분했다.

하지만 그것도 잠시. 이내 그녀는 인상을 찌푸리며 짜증스런 표정을 지었다.

감히 현우가 자신에게 화를 내고 있다는 상황에 불쾌해진 탓이었다.

조금 전 현우를 때린 것은 누가 봐도 '합당한 이유'가 있었고, 그녀가 여태 현우에게 한 행동, 보여준 모든 것에는 현우가 자초한, '합당한 이유'가 있었다.

그녀로서는 현우에게 꿀릴 것이 전혀 없으며, 미안함도 없었다.

그녀는 자신이 이런 추궁을 받아야 할 이유가 없다고 생각했다.

"네가 무슨 말을 하고 있는지 모르겠구나. 난 할 말이 없어. 모든 것은 네가 알아서 할 일이야. 모두 네 잘못이니까. 그리고 아까 말도 제대로 못하는 척 연기를 해서 예린이랑 싸우게 하더니만… 둘만 남으니 본색을 드러내는 거니?"

오히려 그녀는 현우를 더 추궁해야 한다고 생각했다.

지금의 모습을 아까처럼 김예린이 들어와 발견하여 자신과 싸운 게 모두 저 녀석의 농간이었다는 것을 깨달아 화해하고 싶은 마음뿐이었다.

비록 아까는 홧김에 그런 말과 행동을 하긴 했지만, 김예린은 여전히 박예은에게 있어서 이 세상 그 무엇과도 바꿀 수 없는, 단 하나뿐인 소중한 딸이었다.

그때, 박예은의 말을 들은 현우가 입을 열었다.

"모두… 내 잘못이란 말이지?"

흠칫!

어쩐지 스산하기 짝이 없는, 현우의 낮게 깔리는 음울한 음성에 박예은이 흠칫 몸을 떨었다.

하지만 이내 그녀는 확신한다는 듯 크게 고개를 끄덕이며 대꾸했다.

"그래!"

그녀로선 현우와 한마디 말도 섞고 싶지 않은 심정이었지만, 앞서 말했다시피 그녀는 이 사악하고도 혐오스러운 현우의 농간에 대한 진실을 그녀의 딸에게 어필하고 싶었다.

그랬기에 딸아이가 돌아올 때까지 대화를 조금 더 해

볼 참이었다.

"……당시의 나는 어렸지."

"……?"

"당신이 처음 나와 만났던 날… 아버지가 보냈다는 말에 당신을 집에 들였을 때… 나는 마음 한 켠으로 생각했지. 나에게도 엄마라는 게 생긴 거라고."

자조적인 웃음을 지어 보이며 그렇게 말을 이어 나가는 현우의 모습에 무언가 이상함을 느낀 박예은이 저도 모르게 한 걸음 물러섰다.

그러나 현우는 개의치 않는다는 듯 무심하게 말을 이었다.

"나는… 어쩌면 기대했는지도 몰라. 시궁창 같은 현실에… 당신이 갑자기 내 앞에 나타난 것은… 세상의 그 누구도 이해해 주지 않는 나와 대화를 하기 위해서, 모두가 비정상이라 부르는 나를 정상으로… 아니, 그들이야 말로 비정상이라는 것을 알려주기 위해, 나를 위해 보내진 사람이라고 믿었는지도 몰라."

"너……!"

"그도 그럴 게… 아버지가 보낸 거였으니까! 아버지

는 단 한 번도 나를 나쁘게 말한 적이 없으니까!"

현우의 고통스런 외침에 무언가 반박할 말이 있다는 듯 입을 열려던 박예은이지만, 이내 터져 나오는 현우의 절규에 입을 닫을 수밖에 없었다.

"나는… 믿었다! 어린 시절의 나는… 나에게 어미가 생겼다고, 책에서 보아온… 나를 무한히 신뢰해 줄 또 한 사람이 생겼다고… 어릴 적의 나는 믿었다! 그런데 왜 그랬지? 왜?!"

그녀는 그제야 현우가 무엇을 묻고 있는지 깨달을 수 있었다.

현우는 그녀에게 수년 전의 일을 묻고 있는 것이었다.

처음 현우와 만나 친해지기로 생각하고 대화하던 때를 지나, 어느새 현우의 말이라면 귓등으로도 듣지 않게 되던 날에 대해… 현우는 묻고 있는 것이었다.

"나는… 그때의 나는 틀리지 않았다. 하지만 주변의 많은 것은 틀렸다. 나는 그들의 틀린 점을 알고, 그들의 틀린 점을 지적했으며, 그 누구라 한들 나의 말에 반박할 수 있는 사람은 아무도 없었다. 그들은 이런 나의 뛰어남을 질시했고, 그래서 힐난했다! 어릴 적의 나는 오히려 지금보다 더 강했어! 당신이 내 앞에 나타나기 전까지는! 나에게 헛된 희망을 주었다가 빼앗기 전까지는……!"

현우에게 새엄마라는 사람이 나타나기 전, 그때까지의 현우는 본인의 말마따나 강한 아이였다.

스스로 책을 통해 배운 바를 언제나 설파하고 다니는 아이였으며, 자신의 주장을 쉽게 굽히지 않았고, 자신을 헐뜯는 이들을 지식으로 논파하길 즐겼다.

남들 눈엔 어찌 보였을지 모르지만, 그때의 현우는 여전히 왕따였을지언정 주변의 비난에 고개 숙여 몸을 웅크리는 아이가 아니었다.

그리고 그때의 현우는 자신에게 새로운 한편이 생겼다는 것에, 자신이 절대적으로 믿는 아버지가 보낸 '엄마'라는 사람이 생긴 것에 자신감을 가졌다.

모든 이들의 어미가 그렇듯, 책 속에서 보아온 엄마란 존재가 그렇듯 자신에게 생긴 엄마도 응당 그러리라 믿었던 것이다.

그렇지만…….

"당신은 나의 믿음을 무참히도 무시했지!"

"……."

그것은 현우에게 엄마가 생긴 지 얼마 되지 않았을 적의 일이었다.

그의 엄마는 처음 본 날부터 살갑게 대하며 현우와 대화하고자, 현우의 말을 이해하고자 노력했다.

현우의 앞에서 그녀는 언제나 이상적인 엄마의 모습을 보여주었다.

현우는 여태껏 무시 받던 자신의 말에 귀 기울여 주는 엄마가 좋았고, 현우의 말썽으로 학교에 불려오는 날이면 부드럽게 타이르던 그녀의 손길이 좋았다.

현우 자신은 잘 몰랐지만, 자신이 책을 통해 배워온, 동경하던 엄마가 생긴 것에 어린 날의 현우는 저도 모르게 의지해 나가는 중이었다.

그리고 여느 때와 다름없이 다른 아이와의 말다툼으로 인해 학교에 불려온 엄마를 담임선생님의 상담실 앞에서 기다리고 있던 날이었다.

무더운 여름날이던 그날은 통풍 탓인지 상담실의 창

문이 크게 열린 상태였고, 기다림이라는 지루함을 이기지 못하고 실내화의 앞코로 콩콩, 매끈한 바닥에 흔적을 남기던 현우는 자신의 믿음직한 아군이었던 엄마의 목소리에 귀를 기울였다.

"어머니도 아시겠지만… 현우는……."

"죄송합니다, 선생님… 정말 죄송합니다. 제가 잘 주의를 주겠습니다."

"후, 그런 말씀도 한두 번이어야죠. 아무리 사춘기라고는 하지만 입학한 이래로 말썽이 끊이질 않으니……."

"죄송합니다. 저도 그 아이의 장애가 많은 분들께 폐를 끼치고 있다는 건 알지만… 애 아빠가 꼭 일반 학교에서 학업을 마치길 원해서요……."

"……아버님이 그렇게 원하신다니 어쩔 수 없을지 모르지만… 그래도 저희 학교엔 장애아를 위한 학급이 없으니 되도록 그런 아이들을 위한 학교를 알아보시는 게 저희나 부모님들의 입장에서도 도움이 되지 않을까 합니다."

"후우, 저도 될 수 있으면 저 아이를 그런 학교에 보

내고 싶지만… 새엄마인 제가 쉽게 말할 수 있는 입장
도 아니고… 저로서도 저 아이의 행동을 이해하기 힘드
네요. 장애아란 생각에 열심히 보살피고는 있지
만……."

"그러니 되도록이면 장애아 학교로 가보시는
게……."

"그… 선생님 그래도 이제 3학년이고 하니… 얼마
안 가 졸업하게 되잖아요? 조금만 더 학교에 있을 수
있게 해주시면……."

"하지만… 헛! 크흠… 뭐 이런 걸 다… 다 학생을
위한 일인데……."

"드릴 수 있는 게 약소해서 정말 죄송해요."

"어험, 아닙니다. 확실히… 현우도 3학년이고… 얼
마 안 가 졸업을 할 테니 지금 와서 장애아 학교로 가
는 건 조금 무리가 있긴 하겠지요……."

"그, 그렇죠?"

"예. 다행히 학업성적이 나쁜 건 아니니 일반고 중에
서도 이 정도라면…….'

당시의 현우는 거기까지만 듣고 학교를 뛰쳐나왔다.

절대적 아군이라 믿었던 존재의 배신.

자신의 말을 모두 이해하듯 고개를 끄덕이던 사람이 그동안 보여주었던 시선.

그리고 아버지의 부탁으로 억지로 해왔다는 듯한 행동.

곤란한 처지에서 빠져나가고자 아무렇지도 않게 자신이 새엄마임을, 모든 게 현우의 탓임을 강조하는 말투까지.

현우는 그날 엄마가 생긴 이후 처음으로 자신의 방문을 굳게 닫고 방에서 나오지 않았다.

그토록 예뻐하던 여동생이 아무리 문을 두드려도, 자신을 연신 부드럽게 타이르는 새엄마의 목소리에도… 현우는 뒤집어쓴 이불 속에서 나오지 않았다.

어린아이가 감당하기에는 너무도 커다란 충격이었기에.

가슴 한복판에 커다란 구멍을 뚫어버린, 너무도 아픈 배신이었기에.

자신의 명석함을 장애라 부정당한 아이는 가슴을 쥐어뜯으며 이불 속에 웅크렸다.

그리고 다음 날부터 현우는 말을 그다지 하지 않는 아이가 되었다.

그전에도 말이 많다고는 할 수 없었지만, 어느새 누군가에게 추궁당해 말을 하는 상황이 아니고는 어지간해서 입을 열지 않았다.

하지만 그렇다고 해서 현우의 말버릇이 변한 것도 아니었다.

여전히 입만 열었다 하면 말을 건 상대를 묵사발로 만드는 공격적인 말투와 어휘를 구사했다.

그래서 시간이 흐를수록 현우에게 말을 거는 사람은 더욱 줄어들었다.

그동안 의무감으로 말을 건네던 담임선생은 주변 그 누구에게도 말을 걸지 않는 현우를 보며 되레 흡족해했다.

현우의 새엄마와 상담을 한 뒤로 저렇게 된 것이니, 그가 평소 현우를 보며 해주고 싶었던 훈육을 잔뜩 해줬으리라는 생각에 그 순간을 상상하며 좋아하기까지 했다.

마침내 현우가 중학교를 졸업하기 전, 한 달간은 한

마디도 하지 않을 수 있었다.

그리고 그런 일을 현우도, 같은 반 아이들도, 그리고 선생님들도… 모두 당연시 여겼다.

키는 크지만 반에서 가장 작은 아이가 되었고, 책상 위에 웅크린 현우는 얼굴을 내보이지 않았다.

웅크린 모습 속에서 현우가 우는지, 웃는지… 그도 아니면 화를 내는지, 짜증을 내는지 누구도 관심을 갖는 이가 없었다.

그건 집에서도 마찬가지였다.

박예은이 담임선생님을 만나고 온 날을 기점으로 집에서조차 한마디도 하지 않는 아이가 되었고, 처음엔 어르고 달래던 박예은도 이유도 없이 그녀와 대화를 섞지 않는 현우를 윽박지르고 혼내기 시작했다.

그때가 되면 현우는 마지못해 한마디를 내뱉을 뿐이었다.

마치 그녀와 대화하는 것이 정말로 싫다는 듯, 얼굴을 잔뜩 굳힌 채.

하지만 그때의 현우는 사실 박예은에게 하고 싶은 말이 너무도 많았다.

하고 싶은 수많은 말들이 머릿속에서 소용돌이쳐 현우를 괴롭게 만들었고, 그것이 굳어버린 표정으로 나타났던 것이다.

그러나 이런 사정을 알 리 없는 박예은이고, 자신의 새엄마를 추궁할 용기가 없던 현우였다.

수많은 말들 중 꼭 하고 싶었던 '왜 그랬어?'라는 한마디를 매일같이 되뇌었지만, 현우의 입 밖으로 나오는 일은 없었다.

그렇게 끝끝내 한마디를 전하지 못한 현우는 고등학교에 진학했다.

덩치도, 머리도 한결 커진 아이들 속에서 현우는 여전히 고립되어 갔다.

자신을 배신한 엄마를 원망하며, 그리고 그럴수록 더욱 부각되는 절대적인 아버지의 존재를 되새김질하며 말이다.

"읍……!"

무언가 마법이라도 건 것일까?

어린 시절 현우의 기억이 마치 물을 빨아들이는 스펀

지처럼 박예은의 머릿속으로 질펀히 스며 들어왔다.

가슴이 타는 듯한 통증과 깊은 슬픔까지도, 그 모든 게 생생하게 박예은의 머리를 채운 것이다.

"우엑!"

그 생생한 감각에 박예은은 헛구역질을 할 수밖에 없었다.

만약 오늘 도시락을 챙겨 온 게 아니라 미리 밥을 먹고 왔더라면 아마 병실 바닥은 이미 오물 투성이가 되었을 것이 분명했다.

그리고 그런 박예은의 모습을 보며 현우는 웃어 보였다.

새카맣게 변한, 텅 빈 구멍 속으로 보이는 눈을 반달 모양으로 휘며, 자신의 새엄마가 고통스러워하는 모습에 기분 좋게 웃음 지었다.

이것이다. 이게 바로 자신이 원하던 것이었다.

자신이 이렇게 되도록 방치하고, 자신이 이렇게 되는 계기가 된 원흉.

그녀가 지난날의 일의 진상을 알고 괴로워하는 것.

자신의 잘못을 뼛속 깊이 뉘우치며 고통스러워하며

사죄를 하는 것.

그녀가 고통을 받는 것이야말로 그토록 원하던 것이었다.

그리고 이제 시작이었다.

아까 몸의 주도권을 받아낸 직후, 처음으로 써본 마법이 제대로 통제되지 않는 탓에 새엄마 박예은만큼이나 현우에게 고통을 안겨주었던 김예린의 마나를 단숨에 빨아들이고 말았다.

하지만 그것은 갑작스레 깨어난 자신의 몸에 활력을 더하기 위한 마나 흡수의 과정으로, 상대를 단숨에 죽이는 마법이 아니었다.

그러니 하루 정도만 지나면 김예린은 마치 잠을 잔 것처럼 아무렇지 않게 일어날 것이다.

나중에 일어나거든 그녀에게도 지금 박예은에게 한 것처럼 자신이 그녀로 인해 받은 고통을 그대로 똑같이 안겨줄 생각이었다.

고통에 괴로워하는 모습을 보며 마음껏 비웃어줄 생각이었다.

그렇게 재웠다 깨우기를 반복하는 방식으로 자신이

그랬던 것처럼 두 사람 모두 하루하루 살아 있는 게,
숨 쉬고 먹고 자고 싸고 하는 행위가 고통스럽도록 해
줄 것이다.

바깥의 현우는 그렇게 다짐했다.

'그러고 보니 이들 외에도 세 명이 더 있었지.'

세 명 모두 이 세상으로 돌아오면서 새롭게 인연을
맺은 탓에 현우와 연결된 악연의 고리 같은 것은 없었
다.

이성희의 경우 굳이 따지자면 학교에서 그를 무시해
온 부분이 있지만 그 정도는 공유 마법으로 충분한 고
통을 주기도 힘들뿐더러 사실 자신의 새엄마나 여동생
에 비하면 그 정도 원한은 별것도 아니었다.

그렇기에 사실 그녀들을 괴롭힐 이유도 없었다.

하지만 바깥의 현우는 그녀들이 아무 이유 없이 싫었
다.

아니, 이유라면 있었다. 바로 지금 안에 있을 현우와
친하게 지냈다는 게 이유라면 이유였다.

지금 바깥에 나와 있는 현우는 완벽한 옛날의 현우였
다.

가장 괴롭고, 아프던 시절의 그였다.

그런 그에게 있어 현우가 '진짜 현우'이던 시절엔 없고 고작 자신의 복제품에 불과한 인물과 정으로 엮인 이들이 꼴도 보기 싫었다.

그래서 그들을 위한 특별한 마법들을 머릿속으로 떠올려 나갔다.

'마법은 정말 다양하군.'

복제된 마법에 대한 지식을 수족처럼 다루지 못하는 현우이기에 생각을 함에 있어 시간이 걸릴 수밖에 없었다.

그것도 단순히 괴롭히기 위한 종류의 마법이라면 이전의 칼롯 코즈너와는 관련이 없기에 더욱 찾기가 힘들었다.

이 모든 과정은 정말 어리석기 짝이 없는 생각이고, 어린애의 투정 내지는 떼쓰기에 불과했다.

만약 이전의 현우라면 생각조차 않을 치졸한 생각이지만, 지금의 현우는 이를 생각하고 실행하기에 부족함이 없었다.

누가 뭐래도 지금은 18세의 김현우, 바로 본인이었

으니 말이다.

어쨌거나 그토록 염원하던 것을 이루게 되자 현우의 가슴 깊은 곳에서 짜릿한 승리의 감정이 솟구쳐 오르며 더욱 짙은 웃음을 만들어냈다.

또한 앞으로 해 나갈 복수에 기대감이 차올랐다.

그런 그의 머릿속으로 또 다른 현우의 목소리가 울려 퍼졌다.

'안 돼!'

깊은 절규가 담긴 한마디에 반달 모양으로 웃어 보이던 현우의 눈가에 균열이 만들어졌지만, 눈앞에서 현우 자신이 느낀 고통을 공유하며 괴로움에 몸부림치는 박예은의 모습이 그런 비틀림을 금세 풀어내었다.

그때, 머릿속으로 현우의 목소리가 다시금 울려 퍼졌다.

'이 어리석은 녀석!'

현우가 현우 자신에게 던지는 질책의 말에는 진심이 가득했다.

바깥의 현우는 잠시 고개를 갸웃거렸다.

안쪽의 현우의 진심 어린 질책은 좀 전까지의 원망하

고 욕하던 말과는 확연히 다른… 연민과도 같은 것이 묻어 있었다.

그래서 의문이었다.

욕을 하고 화를 내는 것은 얼마든지 이해할 수 있었다.

여태 주체라 믿었던 자신이 내면에 봉인되고 그 어느 것 하나 뜻대로 할 수 없는 상황에서 얼마나 화가 나겠는가.

그 자신 역시도 흐르는 시간조차 느낄 수 없는 내면의 깊은 곳에서 수도 없이 욕을 하며 이런 순간이 오기만을 기다리고 있었기에 충분히 이해할 수 있었다.

하지만 그런 자신을 향해 연민의 감정이라니.

화를 내기도 모자라는 시간에 그런 생각이라니.

내면의 현우는 칼롯 코즈너라는 위대한 대언령사의 복제본.

그가 지금 자신이 어떤 상황에 빠졌는지 그 현명한 머리로 모를 리가 없었다.

아마 이대로 시간이 조금 더 지난다면 지금 바깥에 나와 있는 현우가 그랬던 것처럼 언제가 될지도 모르는 순간만을 기다리며 끝이 보이지 않는 심연의 어둠 속에서 평생을 누구를 향한 건지 모를 원망만을 늘어놓다 사라지는 것밖엔 없다는 것을 분명 알고 있을 터였다.

그는 지금 누군가를 걱정해 주고 있을 여유가 없었다.

'그 안에서 미치기라도 한 걸까?'

그렇다면 바깥의 현우로선 더할 나위 없이 좋은 일이었다.

봉인을 시킨, 그 심연의 깊은 곳은 절대 쉽게 탈출할 수 없는 곳이란 것을 누구보다 잘하는 바깥의 현우지만, 지금 봉인되어 가는 존재는 대언령사, 이 세상의 모든 마법적 진리를 깨달은 지고적인 존재의 복제본이었다.

어떤 짓을 할지 알 수가 없는 노릇인 것이다.

만약 안쪽의 현우가 지극히 정상적인 상태로 봉인된다면, 바깥의 현우는 언제 또다시 주도권을 빼앗길지 모른다는 불안 속에서 앞으로의 생을 보내야 할지도 몰랐다.

하지만 만약 안쪽의 현우가 충격으로 미쳐 버린다면… 바깥의 현우는 조금 더 여유를 가질 수 있을 터였다.

'그렇지만 딱히 미친 것처럼 들리지는 않았는데……'

단말마의 비명에 가까운, 내면으로부터 들려온 목소리는 미쳤다고 말하기엔 너무도 단호한 의지를 담고 있었다.

그것도 지금 바깥에 나온 현우가 불쌍하다는 의지를 말이다.

안쪽의 현우도, 바깥의 현우도 가진바 능력은 꽤 차이가 나지만 같은 인물인 바, 그 속에 담긴 의지를 제대로 읽어내지 못했을 리가 없었다.

그렇다면 과연 무엇이 문제이기에 내면의 현우가 이런 신호를 보낸 것일까?

생각이 깊어지자 혹여나 그것은 안쪽의 현우가 무언가를 노린, 연기의 한 종류는 아니었을까 하는 생각까지 들었다.

나이는 어리지만 대언령사의 자질을 가진 18세 현우

는 자신의 안위와 관련한 문제가 되자 그 자질을 십분 발휘하여 범인의 인식 수준을 초월하는 고효율의 연산을 하기 시작했다.

안쪽의 현우가 품은 저의, 목소리의 감정, 말 자체의 객관적 의미…….

한 번 의심이 들기 시작하니 의문은 끝이 없었지만, 그만큼 그는 절박했다.

다시는 그 어두운 곳에 돌아가지 않으리라.

결단코 그 괴로운 곳으로 돌아가는 일은 없으리라.

웃음 지어 보이는 현우의 겉모습과 달리 그의 머리가 맹렬히 돌아가기 시작했다.

"어리석은 녀석…….."

이미 몸의 대부분을 둘러싼 크리스털 속에서 현우는 밖의 전경을 보며 혀를 찼다.

너무도 어리기 짝이 없는 바깥의 현우의 생각에, 그 사소하고도 치졸한 복수심에, 또한 모자란 그 방식에 고개를 저을 수밖에 없었다.

그러나 덕분에 확실히 알게 된 바가 있었다.

"확실히 저 녀석은 '나' 의 복제군."

그것도 현재의 현우가 아니라 아주 오래전, 현우가 세상의 많은 것들을 원망하던 어린 시절 '오리지널' 의 복제였다.

피식.

'아니, 그렇게 따지면 오히려 내가 복제본인가?'

크리스털 속으로 몸이 잠식되어 가는 절체절명의 순간인 데도 불구하고 웃음이 났다.

아까 마주 서서 대화를 하던 순간도 이해가 갔다.

그가 크리스털에 갇힌 것에 억울해하던 이유도 알 수 있었다.

'억울했겠지.'

현우는 분명하게 알 수 있었다.

지금 바깥에 있는 존재야말로 진짜 현우, 그 자체라고.

칼롯 코즈너, 지금 이런 생각을 하는 현우는 자기 자신이 바로 그의 복제본이라고 확언할 수 있었다.

다른 세상으로 가기 전, 그때의 현우가 딱 저러한 모습이었다.

머릿속에 있는 많은 지식은 오직 자기 자신을 중심으로 생각하기 위한 보조 수단에 불과했다. 외부로부터의 가해지는 모든 것에 자신을 보호하고 감추기 위한, 밖으로 세워둔 날카로운 가시들이었다.

현우는 밖으로 드러난 자아가 바로 자기 자신이기에 그 모든 것을 알 수 있었다.

그 심정도, 생각도 모두 공감할 수 있었다.

그렇기 때문에 지금 밖으로 드러난 그는 억울했으리라.

원본인 자신이 아니라 복제본인 다른 이들이 자신을 대신해 세상에서 활개치고 다니는 것이 억울했을 것이다.

그것도 이렇게 어두컴컴한 공간에서, 비록 정신세계상에서라고는 하지만 외부와 완벽히 단절된 채 수백 년의 시간을 갇혀 있었다면 저토록 화가 나기에 충분하리라.

물론 외부와 단절되어 있었다는 것은 추측에 불과하지만, 그래도 현우는 확신했다.

만약 자신의 복제본들이 살아온 수백 년의 시간을 보

아왔다면… 바깥의 현우는 저런 말을 할 필요도 없었을 것이다.

새엄마 박예은을 추궁하는 일도 없었을 것이다.

'공유 마법의 효과는 일방통행이 아니지.'

바깥의 현우가 박예은에게 자신의 괴로움을 알려주기 위해 사용한 마법은 의식 공유 마법.

시술자와 피술자의 의식 사이에 통로를 열어 서로가 가진 감정과 생각 등을 공유하는 마법으로, 궁극의 통신 마법이라 할 수 있었다.

머릿속에 떠오르는 순간, 말이나 문자도 필요 없이 떠올리는 것의 외형까지 상세히 전하는 의식 공유 마법은 그야말로 완벽한 의사소통 방법이라고 할 수 있었다.

이 마법이 처음 발명되었을 때, 마법사들은 이를 사용한 지식 전수부터 전쟁에서의 활용, 각종 통신의 새로운 패러다임을 열어줄 마법이라 여기며 연구의 연구를 거듭했다.

하지만 그들 중 실용화하여 성공에 이른 이는 아무도 없었다.

그도 그럴 것이, 공유된 순간부터 양방향으로 쏟아져 나오는 각종 잡다한 의식을 통제할 방법을 찾을 수가 없던 것이다.

물론 높은 수준의 마법사나 특별히 정신 수련을 한 사람들은 이를 일부 막아내거나 나가는 정보를 조절하는 게 가능했지만, 그것은 막대한 심력을 소모하는바, 그 효율이 기존의 통신 마법들에 비해 확연히 떨어졌다.

게다가 문제점은 단순히 정보 공유 간에 혼선이 생기는 것뿐만이 아니었다.

압도적으로 강력한 의식을 가진 존재가 의식 공유를 하면, 평범한 사람이 도저히 버텨내지를 못하는 것이 결정적인 문제였다.

마법을 사용하는 술자들은 대게 능력이 뛰어난 마법사지만, 이를 전수 받거나 실험에 참여하게 된 이들이 모두 그와 같을 수는 없었다.

많은 사람들이 고위 마법사로부터 쏟아져 들어오는 막대한 정보에 버티질 못했고, 결국 사상자까지 내고 나서야 의식 공유는 실패한 마법으로서 역사 속에 묻혀

버렸다.

하지만 칼롯 코즈너는 좀 달랐다.

그 자체로서 완벽에 가깝던 칼롯 코즈너에게 마법과 관련하여 불가능한 바는 없었다.

그는 세상에서 오직 유일하게 의식 공유 마법을 통해 원하는 것만을 원하는 이에게 보낼 줄 아는 사람이었다.

또한 원하는 것만을 받을 수 있는 능력의 소유자였다.

하지만 그가 의식 공유 마법을 통해 누군가의 생각을 전해 받을 때, 그가 누군가의 의식을 통제한 적은 단 한 번도 없었다.

그도 그럴 것이, 9클래스의 대언령사인 칼롯 코즈너의 의식 세계가 평범한 누군가의 의식 하나둘 정도를 받아들인다고 해서 꿈쩍할 리가 없었으니.

평소 필요한 것 외엔 아무런 말을 하지 않는 칼롯 코즈너였기에 이 의식 공유 마법은 하고 싶은 바를 말로 전하기 애매한 상황에서 아주 요긴하게 쓰였다.

상대의 의식을 통제하는 방법은 단 한 번도 사용하지

않은 채로 말이다.

그리고 지금, 바깥으로 드러난 현우 역시 마찬가지였다.

자신의 경험과 능력으로 쌓아올린 마법이 아닌, 이전의 칼롯 코즈너에게서 복제해 낸 마법적 능력을 가지고 있는 그였다.

굳이 따지자면 지금 바깥의 현우는 평범한 사람보다 조금 더 뛰어난 수준의 인간에 불과했다.

아니, 저렇게 잘못된 생각과 어렸을 적의 기억에 속박된 모습을 보건대, 그 사실은 확실했다.

또래와 비교한다면 모를까, 평범한 성인과 비교한다면 명백히 바깥의 현우가 더 약한 상태였다.

그런 상태로 바깥의 현우가 사용하는 의식 공유 마법은 상대의 의식을 차단하는 안전 장치가 없는 칼롯 코즈너 식의 마법이나 다름없었다.

안쪽의 현우는 눈을 빛냈고, 턱 끝까지 차오른 크리스털을 애써 무시하며 밖의 전경에 집중했다.

비록 의도한 바는 아니지만, 바깥의 현우는 지금 스스로 제 무덤을 팠다.

본인은 알 수 없겠지만, 보다 현명한 안쪽의 현우는 이를 분명히 알 수 있었다.

그의 생각이 맞다면 이제 곧 기회가 오리라.

이 상황을 벗어날 수 있는 최대의 기회가.

바깥의 현우는 안쪽의 현우에 대해 수많은 생각을 하는 와중에도 자신이 할 일을 미루지 않았다.

그에겐 무엇보다 중요한 마지막 과정이 남아 있었으니 말이다.

'이제는 오직 한 가지, 새엄마의 사죄 과정만이 남았다.'

그것만 이루어지면 오늘 현우는 진정으로 승리를 일궈내리라!

"음……."

하지만 그런 생각도 잠시.

현우의 얼굴이 와락 일그러졌다.

두근두근두근!

바깥의 현우는 박예은의 괴로움에 즐거워하고, 앞으로의 일에 기대하며, 안쪽에서의 목소리에 고민하는 한

편, 또 다른 면에서는 알 수 없는 두근거림에 긴장되기
시작했다.

두근거림의 정체가 무엇인지 그로선 알 수 없었지만,
단 한 가지 확실한 것은 두근거림의 종류가 즐거움에서
오는 흥분이나 궁금증에 의거한 호기심에서 비롯된 것
이 아닌, 본능이 알려오는 위험신호의 한 종류라는 것
이었다.

'대체 뭐기에……?'

그 무렵, 기억을 공유 받으며 고통스러워하던 새엄마
박예은이 쭈그려 앉아 있던 자리에서 비척비척 일어나
며 현우를 노려봤다.

그 모습을 보며 드디어 기대하던 모습을 보게 되리라
생각한 현우의 얼굴이 언제 일그러졌냐는 듯 다시 웃음
을 되찾았다.

째릿—

그러나 현우를 노려보는 박예은의 시선은 현우가 기
대했던 것과는 그 종류가 달랐다.

마치 당장에라도 잡아먹을 듯, 잔뜩 원한이 사무친
그 눈길은 너무도 진지하고 표독스러워서 현우는 움찔

몸을 떨며 저도 모르게 시선을 피해 버렸다.

하지만 그뿐이었다.

아직 마법이란 게 익숙하지 않고, 그 조절이 미숙한 현우는 고난이도의 정신계 마법을 시전하는 중에 함부로 움직일 수가 없었다.

아니, 그에 관련한 지식은 복제를 통해 분명 가지고 있지만 실행할 용기가 부족했다.

복제된 지식 속에는 어떻게 하면 움직일 수 있다 뿐만 아니라, 그것이 실패하였을 경우의 부작용까지 상세히 나와 있는 탓이었다.

물론 그런 부작용이 있다 한들 본래의 칼롯 코즈너나 안쪽의 현우였더라면 불안감을 느끼고 움직임의 필요성을 느꼈을 때 망설이지 않았을 것이다.

그들에겐 오랜 세월 동안 쌓아온 노하우와 마법적 센스가 있었으니 말이다.

만약 실패의 부작용이 나타나는 순간이 된다면 임기응변으로 대처하는 데 무리가 없었을 것이다.

하지만 지금의 현우는 달랐다.

지금의 현우는 아주 오래전, 겁쟁이 시절의 오리지널

모습인 바, 그에겐 거대한 위험이 있는 것에 함부로 손을 댈 만큼의 용기가 있지 않았다.

또한 자신감을 심어줄 마법적 센스조차 갖추지 못하고 있었다.

복제를 통해 관련 지식은 통달해 있지만, 사실상 제대로 된 마법을 펼쳐 보는 건 지금이 처음이나 다를 바 없었다.

그리고 지금 그가 사용 중인 정신 공유 마법은 그런 겁쟁이에겐 어울리지 않는, 커다란 페널티가 있는 마법이었다.

결국 눈 마주치는 것을 허용한 현우를 향해 박예은이 입을 열었다.

"이… 나쁜 놈!"

"……뭐?"

박예은의 한마디에 현우는 크게 분노했다.

누가 봐도 자신이 피해자가 분명하고, 그녀로 인해 고통스러워했던 나날을 여전히 생생히 기억하고 있었다.

그런데 모든 일의 원흉이었던 그녀가 자신더러 나쁜

다 말하다니!

이는 파렴치한 짓이었다.

하지만 박예은의 말은 거기서 끝이 아니었다.

아드득!

"이 이기적인 자식! 너 같은 게 내 자식이라고?!"

현우의 의식을 통해 전해진 고통에 저항하려는 듯, 이를 앙다문 그녀의 잇새로 이 갈리는 소리가 났다.

그래선지 그녀가 내뱉는 말들은 모두 섬뜩하게 들렸다.

말 한마디, 한마디에 담긴 깊은 한이 전해져 왔다.

현우는 어렸다.

그녀가 가진 그 한의 감정을 이해하기에 바깥의 현우는 무척이나 어렸다.

인간이란 게 자신에게 얼마나 관대하고 남의 아픔에 무감각하며 곤란한 일에는 자기합리화를 잘하는 존재인지.

그의 새엄마 역시 그런 평범한 인간이며, 또한 그런 평범한 인간으로부터 진심 어린 사과를 받는다는 것이 얼마나 어려운 일인지, 책으로 세상을 읽어왔던 그로서는 이해할 수 없을 만큼 어리기 짝이 없었다.

또한 모든 일에는 언제나 양면성이 존재한다는 것 역시도……

"역시 너란 놈은……!"

박예은의 욕설이 이어지며 그녀의 한 서린 기억이 현우와 연결된 통로를 통해 거대한 해일처럼 몰려들었다.

그것은 현우네 학교에 다녀온 어느 날의 일이었다.

언제나처럼 정문이나 교실에서 기다리고 있을 것이라는 그녀의 생각과 달리 현우는 학교에서 보이지 않았다.

평소와는 다른 상황에 그녀는 크게 당황했고, 걱정이 되어 사방팔방 현우를 찾아 나섰다.

그러다 불현듯 현우가 먼저 집에 갔을 수도 있겠다는 생각이 들어 재빨리 뛰어 집으로 돌아갔다.

다행이라고 할까, 현우는 집에 와 있었다.

그녀는 현관에 가지런히 정리된 현우의 신발을 통해 그것을 알았다.

하지만 그날 그녀는 현우의 얼굴을 볼 수 없었다.

방문을 걸어 잠그고 제 방에 콕 틀어박힌 탓에 담임 선생님으로부터 부탁 받은 훈계는커녕 달래기도 할 수 없었다.

그래도 그녀는 크게 신경 쓰지 않았다.

아마도 오늘 선생님께 크게 꾸중을 들었으리라.

그래서 풀이 죽어 저러는 것이리라.

어린 시절을 잘 기억하진 못하지만, 사춘기 시절의 그녀 역시도 혼자 있고 싶은 순간이 있었기에 대수롭게 생각지 않고 넘겼다.

설령 하루 종일 현우가 문밖으로 나오지 않는다 해도 그들은 한 지붕 아래 살고 있는 '가족'인 바, 언제고 만나면 하고 싶은 말을 마음껏 할 수 있으리라.

그렇게 믿었다.

그러나 그런 현우의 행동이 하루가 되고, 이틀이 되고, 일주일을 넘어 한 달이 지날 무렵에는 그녀 역시도 슬슬 짜증이 나기 시작했다.

'어쩜 어린 애가 저렇게 독할까.'

그녀의 말에 대꾸도 않고 한참을 추궁할 무렵이면, 그제야 건성으로 네, 아니오, 하며 툭 내던지고 뒤돌아서는 현우.

그런 모습을 보면서 그녀는 현우가 자신을 싫어한다는 것을 느꼈다.

하지만 그녀는 쉽게 포기하지 않았다.

그녀에게 있어서 현우는 굉장히 특별한 존재였으니 말이다.

단순히 현우의 말버릇이나 가진 지식 수준 따위의 얘기가 아니었다.

현우는 그 자체만으로도 그녀에게 있어 특별한 아이였다.

비록 자신이 배 아파 낳은 아이는 아니지만, 그녀가 이 나이가 되어서 사랑을 느끼게 한 남자의 하나뿐인 혈육이었다.

그 아이는 이미 주변으로부터 아주 좋지 않은 평가를 받고 있었고, 그 상처를 보듬어줄 사람은 오직 그녀 하나밖에는 없었다.

그렇기에 그녀는 같이 살게 된 이후로 자신의 친딸이 서운해할 만큼 현우를 열심히 돌봤다.

밖에서 현우가 말썽을 피워 학교에 불려 가면 굽신굽

신하며 허리 굽히길 주저하지 않았지만, 그녀의 맹렬한 사과가 끝나고 집으로 돌아오는 길에서 현우가 그날 벌인 일에 맞장구를 쳐주는 게 그녀의 일상이었다.

그러나 그런 일이 십수번이나 반복되자 그녀는 점차 지쳐 가는 자신을 느낄 수 있었다.

어느덧 현우의 말에 연습한 미소로 웃어주고 기계적으로 고개를 끄덕이며 맞장구치는 것을 버릇처럼 하고 있었다.

하지만 그녀를 지치게 하는 것은 그것뿐만이 아니었다.

어린애 혼자 살던 집에 느닷없이 엄마라며 나타난 여자, 학교에서도, 동네에서도 좋지 못한 평가를 받는 이상한 애의 엄마.

따돌림은 현우만이 겪고 있는 것이 아니었다.

따돌리는 사람도, 따돌림 받는 사람도 모두가 성인인 탓에 겉으로 드러나는 모습은 아니지만, 그녀는 자신의 상황을 분명히 알 수 있었다.

하지만 이내 고개를 끄덕였고, 뒤에서 들려오는 동네 아줌마들의 뒷담화를 뒤로한 채 당당히 걸었다.

그것은 두 아이의 엄마인 그녀였기에 가능한 일이었
다.

부모인 그녀가 고개를 숙이면 아이들 역시 그 영향을
받을 수밖에 없다는 게 그녀의 판단이었다.

그녀에게 있어 현우는 특별하고 소중하면서도, 또 한
편으로는 불쌍한 아이였다.

그녀가 알고 있는 아이 아버지의 직업은 밤낮 없이
바쁘고 출장이 잦은 직업이었다. 그런 상황 속에서 홀
로 자라난 아이는 누가 뭐래도 평범한 가정에서 자라온
아이와 차이가 있을 수밖에 없었다.

처음 현우와 만난 날, 어색해하던 자신 앞에서 힘껏
빨래를 털어 너는 현우의 모습과 어설프게 찬장을 뒤지
는 그녀에게 척척 반찬 몇 가지를 꺼내 주던 모습을 보
며 대견한 한편 가슴이 미어지는 기분을 느낀 그녀였
다.

혼자인 게 익숙한, 그래서 모든 걸 직접 하는 게 당
연한 이 아이가 너무도 안타까웠던 것이다.

그래서 그녀는 더욱 현우에게 마음을 썼던 것인지도
모른다.

현우가 무슨 소리를 듣든, 자기 자신이 무슨 소리를 듣든 간에 고개를 쳐들고 당당히 걸었다.

하지만 마음가짐은 마음가짐이고, 현실은 현실.

불과 몇 달이 지나고 현우의 담임선생님께 스무 번째 전화가 왔을 때, 그녀는 한숨을 내쉬었고 마침내 준비해 뒀던 봉투를 꺼내 들었다.

현우가 학교에서 정확히 어떤 학생인지 그녀로선 현우의 담임을 통해서 듣는 게 다였고, 그 평판은 아주 안 좋았지만, 그녀는 그때까지도 믿음을 갖고 현우를 지지했다.

현우는 조금 특이하지만 아주 착한 아이라고.

그래서 지금 현우의 담임은 억지를 쓰고 있고, 반에서 조금 문제를 가진 현우를 핑계로 자신에게 무언가를 요구하고 있다고 그녀는 생각했다.

그 결과, 그녀가 준비한 게 바로 그 봉투였다.

그것을 건네면 현우의 담임은 떨어져 나갈 것이라고 생각했던 것이다.

그리고 그날을 기점으로 현우는 그녀와 대화를 하지 않게 되었다.

더 이상 학교에서 전화도 걸려오지 않게 되었고, 그녀는 어느새 집 안에서 하루 종일 살림만을 했다.

그녀에겐 친구로 삼을 수 있는 사람이 이 동네에 아무도 없었고, 본래부터 친구였던 사람들은 그녀가 이혼녀가 되었을 무렵 모두 연락이 끊겼다.

그런 와중에 안 좋은 이야기나마 현우의 학교생활을 유일하게 들려주던 담임선생님과의 접점이 끊어지고 현우 본인도 입을 다물게 되자 그녀는 심한 고독을 느꼈다.

어느 날인가부터 현우를 멀리하는 한편, 적극적으로 하루의 일을 설명하는 딸애의 귀여운 행동 역시 그녀에게 영향을 주었다.

그녀는 여전히 현우의 엄마라고 자각을 하고 있었지만, 시간이 지날수록 멀어져만 가는 현우의 태도와 자신의 외로움을 어루만져 주는 딸아이의 애교에 그녀는 어느새 두 아이의 엄마가 아닌 김예린의 엄마로 살기 시작했다.

그녀는 무뚝뚝하고 대화도 하지 않는 현우를 대신해 김예린과 여가 대부분을 보냈고, 바깥에 나갈 때에도 현우가 동행하는 일은 없었다.

그렇게 수개월이 지나자 새로 이사 온 사람 중에는 그녀에게 자식이 하나뿐인 줄 아는 사람들도 꽤 많아졌다.

물론 실제로도 그녀에게 진짜 자식은 김예린 하나뿐이었다.

그녀가 마음속에 품고 있던 다른 아이는 어느새 '그 사람'의 아이로 자리 잡았고, 배 아파 낳지 않은, 어릴 적 모습을 전혀 알지 못하고 얹혀사는 아이가 되어 있었다.

하지만 그런 그녀의 변화에도 현우의 악명은 갈수록 높아져만 갔기에 동네의 평판은 그다지 나아지지 않았다.

그럴수록 그녀는 더욱 딸에게 의지하게 되었고, 자신의 고독감을 채워주는 것은 오직 딸뿐이라는 생각을 하게 되었다.

가끔 얼굴을 비추던 현우의 아비도, 그에게로부터 오는 편지 따위도 크게 관심을 두지 않았다.

예전엔 그가 보내온 편지를 볼 때면 마치 '마법에 빠

진 듯' 행복감이 들어 자주 들춰보곤 했지만, 근래에는 새로 온 편지를 뜯어보지도 않은 경우가 있을 정도였다.

그렇게 현우는 박예은에게서부터 멀어져 갔고, 그녀는 그녀대로, 현우는 현우대로 서로를 미워하기 시작했다.

울컥—!

"우웩!"

현우의 입에서 선홍빛의 피가 한 사발 쏟아져 나왔다.

내상을 입은 것이었다.

박예은이 가진 현우에 대한 증오와 그 옛날의 기억들이 현우의 의식에 혼선을 주었고, 그에 대해 아무런 대비도 되어 있지 않던 현우는 뇌 한복판에 대못이 박힌 듯한 고통을 느끼며 몸부림 칠 수밖에 없었다.

'역시…….'

그런 현우의 머릿속으로 다시금 안쪽의 현우의 혀를 차는 듯한 목소리가 들려왔다. 아니, 그것은 비난하고자 혀를 찬다기보다는 안타까움이 담긴 듯한 소리였다.

그리고 마치 그럴 줄 알았다는 듯한 목소리였다.

"어… 어떻게……."

그것은 박예은에게, 그리고 동시에 안쪽의 현우에게 묻는 말이었다.

박예은을 향해서는 당연히 자신에게 아무런 피해가 없으리라 생각한 마법에 어떻게 이런 반동을 만들어냈는지에 대한 의문이었고, 안쪽의 현우에겐 어떻게 이런 상황을 예견했느냐는 의미의 물음이었다.

하지만 이는 안쪽의 현우에게 있어서 대답할 가치조차 없는 당연한 이야기였다.

현재 바깥에 있는 현우, 어린 시절의 현우는 알 수 없겠지만… 박예은이 겪어온 사정은 안쪽의 현우에겐 이미 익숙한 이야기였으니 말이다.

'그래. 나이가 들어 세상을 다르게 보게 되는 몇 번의 깨달음 속에서… 나는 그녀를 이해할 수 있었지.'

그것은 결코 의도하여 알아낸 것은 아니었다.

수백 년의 세월 속에서 어른으로서, 대현자로서 세상

의 수많은 이야기와 고민을 보고, 듣고, 읽어온 김현우와 칼롯 코즈너는 자연스럽게 이를 깨달을 수 있었던 것이다.

당시의 새엄마 박예은의 심정과 그때 그날의 배신이라 여겼던 대화, 그 대화를 들은 자신이 새엄마에게 했던 행동을 그녀가 어떻게 받아들였을지… 기나긴 세월 속에서 자연스레 깨달은 것이었다.

그리고 만약 그 일을 주제로 그녀와 자신의 상처에 대해 서로 말을 했을 경우, 그 결과가 어떠할지도 뻔히 알고 있었다.

수백 년의 세월 속에서 인간의 본성에 대해 누구보다 잘 알게 된 그가 아니던가.

그래서 현우는 여태 추궁하지 않은 것이었다.

어린 날의 현우에게 그토록 큰 충격을 안겨주었던 그날의 일에 대해 지금 바깥의 현우와 마찬가지로 원망의 마음을 가지고 있음에도 단 한마디도 하지 않은 것이다.

왜 당신은 더 어른스럽지 못했냐고, 왜 당신은 그때의 날 더욱더 보듬어줄 생각을 하지 않았냐고 윽박지르지 못한 것이다.

평범한 여자인 그녀가 할 수 있는 것을 모두 다 했다는 것을 알았기에······.

'뭐, 그렇다곤 해도 결국 이 상황이 되도록 먼저 말을 걸지 못한 나 역시 남 말 할 처지는 아니지만.'

시야에 가득한 핏자국을 보는 안쪽 현우의 생각이었다.

박예은의 사정을 깨달았을 무렵의 현우는 이미 인간으로서 지고의 경지에 오른 상태였다.

그런 그의 마음과 생각은 보통의 사람과는 비교를 불허할 만큼 거대하고 넓었으며, 또한 깊이가 있었다.

그녀의 사정을 이해했으니 묵은 원망을 가슴에 묻고 그녀의 고통과 슬픔을 포용할 수 있었다.

원망만 하고 있던 대상으로부터 연민의 감정을 느끼며, 정말 만약에라도 다시 이 세상으로 돌아와 박예은을 만나게 된다면 반드시 사과해야 한다고 생각하고 있었다.

하지만 몸이 어려진 탓일까?

막상 이곳에 돌아온 현우는 박예은과 제대로 대화를

해본 적이 없었다.

먼저 말을 걸어야 한다고 몇 번이고 생각했지만, 그녀가 자신을 바라보는 생기 없는 눈동자와 마주할 때면 현우는 어느새 고개를 돌리곤 했다.

용기가 없던 것은 지금 몸을 차지하고 있는 바깥의 현우만은 아니었던 것이다.

그 순간, 한바탕 욕설을 쏟아낸 박예은이 토해내듯 외쳤다.

"난… 나로선 할 수 있는 걸 다 했어!"

"……!"

"내가 내민 손을 뿌리친 건 너잖아! 이 나쁜 놈아! 내가… 내가 얼마나… 걱정했는데! 네 동생이……!"

"우… 우읍……!"

그녀의 목소리는 어느새 표독하고 날카로운 목소리에서 울음 섞인 애원 혹은 통곡과도 같은 것으로 변해 있었다.

또한 그녀의 말에는 지금까지는 없던 또 다른 감정이 더해져 있었다.

으드득.

하지만 바깥의 현우는 그 내용을 귀담아들을 수 없었다.

그녀의 말이 이어질 때마다 돌아오는 마법의 반동이 커져 가는 탓이었다.

일방통행이라고 믿고 있던 마법에 무방비로 노출된 탓에 그 위력이 압도적으로 높아졌을 뿐 아니라 바깥의 현우가 가지고 있는 정신력이 그리 높지 않은 것도 한몫을 하고 있었다.

게다가 스스로 고독한 피해자라 믿고 있던 그에게 전해져 오는 새엄마의 괴로움은 그를 지탱하던 복수심과 고집을 흔들기에 충분했다.

만약 그가 멍청하고 그저 아무런 생각 없이 자기주장만을 펼치는 인물이었다면 이런 상황에서 박예은의 이야기를 모두 무시하고 혼자만의 이야기를 할 수 있었을 것이다.

어쩌면 보다 유리했을지도 모르지만… 누누이 말했듯 현우는 굉장히 똑똑했다.

수십 년, 수백 년간 수련을 쌓으면서 인간으로선 불가능하다는 9클래스의 경지에 오른, 세상에 몇 없는 인간이었다.

아직 깨달음이 모자란 어린 시절의 머리라고 해도 자신이 무슨 일을 했고, 자신이 무슨 생각을 하고 있었으며, 박예은이 가진 이야기가 무엇을 의미하는 것인지 충분히 이해할 수 있었다.

그랬기에 바깥의 현우는 차마 그에 반박하며 윽박지를 수 없었다.

자기 자신이 따돌림에 괴롭고 고통스러웠던 만큼 그녀를 잘 이해할 수 있었기에… 함부로 말을 꺼낼 수가 없었다.

후두둑—

흠칫!

그때쯤이었다, 바깥 현우의 귓가로 무언가 부서져 내리는 소리가 들려온 것은.

어렴풋이 안쪽의 현우가 미소 짓는 것이 보이는 듯싶었다.

'그를 봉인하던 크리스털이 무너지고 있다!'

안쪽의 현우를 가둬가던 크리스털은 그의 고독함을 형상화한 것.

괴로움을 형체로 만들어 가두고는 자학하게 만들던 물질이자 공간이었다.

그것이 조금 전의 정신 공유 마법의 격돌로 인해 흔들리기 시작한 것이다.

'아, 안 돼… 여태 어떻게 버텨왔는데!'

이대로라면 사라지고 말 것이다.

직감적으로 위험을 감지한 바깥 현우는 선택을 할 수밖에 없었다.

지금이라도 정신 공유를 해제하고 손상된 정신을 수복, 보전하여 다음 순간을 노리느냐, 그것도 아니면 확실하게 박예은을 정신적으로 굴복시켜 그야말로 '정신 승리'를 하여 자신의 의지가 꺾이지 않았음을 증명하느냐.

사실 선택은 이미 정해져 있었다.

'첫 번째도, 두 번째도… 실패 시의 결과는 마찬가지… 내가 안에 봉인하려는 것은 칼롯 코즈너의 복제자. 틈이 생긴 이상 이를 놓칠 것이라고 생각할 수는 없다.'

바깥 현우의 비상한 머리가 재빠르게 돌기 시작했고,

순식간에 결론을 내렸다.

'두 번째… 두 번째로 간다.'

말했다시피 두 가지 모두 실패 시의 결과는 같을 터였다.

자신의 고통을 형상화하여 만든 감옥은 금이 갔고, 이대로 놔둔다면 칼롯 코즈너의 복제는 반드시 빠져나올 터였다.

그런 탓에 이 상황을 타개하는 방책은 두 가지.

하나는 완전히 회피하여 다시 내면으로 숨어들어 기회를 기다리는 것.

또 한 가지는 강제로 박예은에게 자신의 의지를 관철시켜 자신의 고통과 괴로움이 더 강했음을 입증하여 크리스털을 수복하는 것.

하지만 앞의 방법은 지금 안쪽에 있는 현우가 밖으로 나오게 된다면 다음 기회를 찾을 가능성은 거의 없다고 할 수 있었다.

내면의 자신의 존재를 확인한 이상 경계할 게 뻔하니 말이다.

결국 선택지는 사실 한 가지뿐이었다.

부릅!

"까아아악!"

논리적으로 자신의 괴로움을 설파하는 것을 포기한 바깥의 현우.

그가 눈을 부릅뜨자 이내 그 안의 검은 부분에서 검은 연기가 흘러나오며 앞서 다른 여자들에게 그랬던 것처럼 박예은의 마나를 빨아들이기 시작했다.

그녀가 쓰러진다면 자연스레 바깥의 현우의 승리로 이 의식 공유의 마법은 종료될 터였다.

하지만…….

'떼를 쓰고 있군.'

의식 안쪽으로부터 현우의 음성이 울려 퍼졌다.

현재 바깥의 현우를 유지하고 있던 힘의 근원이라 할 수 있는 증오나 괴로움 등의 복합적인 감정이 흔들린 상황이었다.

비록 칼롯 코즈너의 모든 지식을 탑재했다고는 하나 가진바 능력은 보잘것없는 게 현실이었다.

마법사에게 있어 절대적인 규칙 중 하나인 냉정이 깨어진 순간, 마법은 그 힘을 잃을 수밖에 없었다.

비척비척.

금방이라도 쓰러질 것만 같던 박예은이지만, 그녀는 쉽게 넘어지지 않았다.

다른 여자들에게 한 것처럼 단숨에 마나를 빨아들이지 못했기 때문이다.

하지만 지속적으로 펼쳐지고 있는 마법의 흡인력과 그에 끌려 들어가던 그녀는 점차로 현우에게 걸어올 수밖에 없었다.

만약 이대로라면 그녀가 쓰러지는 것도 시간문제였다.

후들후들.

주르륵.

바깥의 현우의 얼굴 위로 연신 식은땀이 흘렀고, 크리스털을 반쯤 해체한 안쪽의 현우 역시 바깥의 상황을 주시하며 긴장했다.

지금 이 순간이 고비가 될 것이다.

박예은이 버틴다면 안쪽 현우의 승리, 그녀가 쓰러진다면 크리스털의 붕괴는 멈추고 다시 현우를 집어삼킬 터였다.

"크흐으으읍!"

바깥의 현우가 전력을 다할 결심에 마침내 자신이 사용할 수 있는 마나를 모두 끌어모았다.

그 순간.

사라락.

마치 커튼 자락이 흩날리는 듯한 일렁임과 함께 여태 바깥의 현우가 투명화 마법으로 가려뒀던 나머지 여자들의 모습이 드러났다.

바닥에 드러누운 아나피와 서보람, 서로 손을 꼭 잡은 채 보호자용 의자에 기대 쓰러져 있는 김예린과 이성희.

모두들 잠든 듯 조용한 모습이지만, 그 모습이 오히려 지금 상황에 이질감을 더해주었다.

그만한 소란 속에서도 깨지 않은 것은 물론, 아무런 미동도 않고 바닥이며 의자에 쓰러져 있는 모습은 지금의 격렬한 상황과 전혀 어울리지 않았다.

그리고 이는 가진바 마법 지식에 비해 한 번에 다룰 수 있는 마나와 마법적 센스가 부족한 바깥의 현우의 실책이고 자만이었다.

자신의 능력이라면, 그리고 박예은을 상대로라면 이 정도 처리만으로도 충분하다고 생각했기 때문이다.

흠칫!

"뭐, 뭐얏!"

갑자기 나타난 네 여자의 모습에 괴로운 와중에도 깜짝 놀란 표정을 지은 박예은은 당황한 표정을 짓다가 이내 의자에 기댄 채 정신을 잃고 있는 김예린의 창백한 얼굴을 보고는 얼굴을 굳혔다.

그 순간.

스으윽.

그녀가 바로 섰다.

비척거리던 움직임과 알 수 없는 힘의 공포에 몸을 떨던 모습은 모두 어디로 갔는지, 그녀의 두 눈은 검게 빛나는 현우의 눈을 똑바로 쳐다보고 있었다.

척척척.

기운을 빨아들이는 흡인력과는 관계없이 거침없이 앞으로 걸어간 박예은이 당황해하는 현우의 앞에 멈춰 섰다.

그러고는……

"어… 어어?"

짜악!

하늘 높이 쳐든 그녀의 손이 당황해 머뭇거리던 현우의 볼에 닿자 경쾌한 소리와 함께 현우의 얼굴이 단숨에 돌아갔다.

현우는 저도 모르게 쓰라린 고통이 전해지는 자신의 볼을 쓰다듬었고, 어느새 검은빛이 가라앉아 평범한 눈동자가 된 채 황망한 눈으로 박예은을 그저 올려다보았다.

"너! 동생한테 뭐하는 짓이야!"

"나… 나는……."

그 순간.

반짝!

현우의 눈동자 사이로 은빛… 마치 별빛과도 같은 은빛의 물결이 출렁였다.

그것은 아나피가 현우에게 마나를 빼앗겨 정신을 잃기 전에 보았던, 어두운 밤하늘과 그 위를 수놓는 은하수와의 싸움 장면의 재현이었다.

그 신비로운, 마치 환상과도 같은 모습에 잠시 눈을

빼앗긴 박예은은 잠시 멍한 표정이 되었다가 다시 이를 악물고 손을 치켜들었다.

그와 동시에 현우의 입이 열렸다.

"……죄송해요."

"……뭐?"

신비로운 은빛을 머금은 현우의 눈동자에 덜컥 눈물이 맺혔다.

그토록 오랫동안 하고 싶던 한마디가 현우의 입에서 흘러나왔다.

"죄송…해요……."

'젠장! 이렇게… 이렇게 끝이라고 생각하지 마라아 아!!'

연신 죄송하다고 말하는 현우의 머릿속으로 또 다른 현우의 외침이 울려 퍼졌다.

그리고…….

파창—!

무언가가 깨져 나가는 소리가 이어서 들려왔다.

현우는 맑은 눈물을 흘리며 작게 웃어 보이며 다시 한 번 말했다.

"죄송해요, 엄마."

풀썩—

현우의 가느다란 몸이 침대 위로 힘없이 쓰러졌다.

2.
재앙을 만드는 사람

사면이 강철의 벽으로 굳게 막힌 답답해 보이는 방.

보안을 위해, 그리고 마법에 의한 피해를 미연에 방지하기 위해 설계된 이 마탑의 회의실에서 마탑의 부탑주와 그의 수제자라 할 수 있는 6클래스 마법사가 대화를 나누는 중이었다.

"흐음… 이상하군."

"뭐가 그렇게 이상하십니까?"

정기적으로 확인해 오던 수도권의 마나 유동 및 변동 그래프를 확인하던 부탑주의 중얼거림에 옆에서 보좌하던 남자가 물었다.

"이날의 마나 분포를 보면… 분명 서가의 저택에서 커다란 마나 유동이 있었을 법한데… 그런 흔적이 전혀 보이지 않는다는 말이지."

"음……."

그들이 지금 그래프를 보고 있는 이유는 마법 실험을 위한 일상적인 조사이기도 하지만, 오늘은 그와 더불어 마탑의 마법사들이 저택에 침입했던 날 어떻게 당했는지에 대해 알아내기 위한 목적에서이기도 했다.

그러기 위해 평소에는 안 하던 지역별 세부 마나 분포를 확인했고, 이를 위해 마탑의 탐사 능력을 최대로 활용하기까지 했다.

하지만…….

"평범해… 너무 평범해."

당시 저택은 물론, 당시 반경 5킬로미터 이내의 모든 곳을 조사했지만, 저택의 마나 유동 수준은 지극히 평범했다.

조사한 대로 만약 그 저택에서 단숨에 마탑의 인원 모두가 당하기 위해서는 그에 어울리는 특별한 마법이 발동됐어야 했다.

물론 그렇다면 그들이 지금 보고 있는 그래프에서도 특이점이 발견되어야 했고 말이다.

"하지만 조금이긴 해도 마나 유동이 있던 것은 확인되지 않았습니까?"

"아니야. 그 정도론 상대의 전력은 물론… 어떤 방법을 썼는지 알아낼 방도가 없어."

부탑주의 말대로였다.

분명 일순간 마나의 집약도가 늘어났다는 기록이 그들이 보고 있는 자료에 나와 있지만, 그 진폭이 그다지 크지도 않고 그 정도의 유동은 3~4클래스의 마법 몇 개가 동시에 사용되는 수준에 불과했다.

그리고 이런 마나 유동은 아마도 그때 침투했던 마탑 인원들의 마법에 의한 것일 확률이 높았다.

'그렇다면 정말로 무언가 특별한 기계장치가 있는 것일까?'

사건이 벌어진 당일부터 의심하던 내용이었다.

하지만 현실적으로 말이 안 된다는 이유로 단숨에 일축되었던 내용이기도 했다.

당시 그곳에 투입된 이들이 마탑 인원 중 뛰어난 실력을 지닌 것은 아니었지만, 그래도 그들 모두는 3클래스 수준의 마법사였다.

그들이 가진바 실력은 고작 기계문명이 지닌 화력에 비할 바가 아니었다.

3클래스의 마법사의 가치는 1, 2클래스의 마법사와는 완전히 궤를 달리하는 바, 3클래스의 효율적이고 강력한 마법들은 단 하나만 발휘되도 저택 일부를 날려 버리기에 충분한 위력을 지니고 있었다.

하지만 그날 그런 현상은 확인된 바 없었다.

그 말인즉, 정말로 마탑의 마법사들이 저항할 겨를도 없이 모두 제압되었거나 혹은 압도적인 마법으로 마법 발동 자체를 막았다는 경우밖에는 생각할 여지가 없었다.

그리고 이 두 방법 모두 당연히도 마법을 떠올리고 있던 부탑주였기에 마나 유동과 관련한 자료를 이토록 열심히 보고 있던 것이다.

그러나 몇 번을 보고, 몇 번을 다시금 확인해 봐도 거대한 마법 내지는 마법적 장치가 움직였다는 증거는 어디에도 없었다.

그렇다면 남은 가능성은 정말로 마탑의 마법사들 모두가 마법과 관련이 없는, 과학적인 힘 내지는 그들보다 못한 마법의 힘에 당했다는 것밖엔 없었다.

후자의 경우는 마탑의 마법사들에게 절대적인 신뢰를 갖고 있는 부탑주에겐 고려할 가치도 없는 부분.

그렇다면 남는 것은 오직 하나, 마법이 아닌 무언가에 당했다는 것뿐이었다.

'그렇지만 이것 역시 걸리는 바가 너무도 많지.'

앞서 말한 대로 마법의 힘은 이미 현대의 과학 병기를 뛰어넘은 지 오래였다.

물론 그 힘을 다루는 사람이 적고 어느 정도 준비 시간이 필요하다는 단점이 있지만, 3클래스 급의 마법사는 경우에 따라선 전략 병기가 될 수 있을 만큼 막강한 화력과 강력한 생존 능력을 지닌 존재였다.

그런 이들을 수십 명이나 제압하기 위해선 그에 걸맞는 강력한 화기가 사용되는 경우밖엔 생각할 수가 없는데… 그 역시도 조사 결과 아무런 흔적이 발견되지 않았다.

그 말인즉슨 수십 명의 마법사를 단번에 제압 내지는 사살할 수 있는 엄청난 병기가 서가에 숨어 있다는 말이었다.

　"하지만 아무리 생각해 봐도 그런 특별한 병기는 말이 안 된다는 말이지……."

　"확실히 병기 쪽으로 가능성이 많이 기울긴 했습니다만… 여전히 미심쩍은 부분이 많습니다."

　병기가 있음을 확정짓는 것에 있어 무엇보다 큰 걸림돌은 그날 침투한 인원이 굉장히 많았다는 데 있었다.

　마탑의 인원 중 너댓 명만 있어도 실드로 전차의 포탄마저 막을 수 있을 정도인데, 그런 이들 수십을… 그것도 동시에 제압한다는 것은 아무리 생각해 봐도 상식적으로 말이 되지 않았다.

　게다가…….

　"거기에 그날 그들의 최후 보고는 분명 1층에 제압된 인질들을 두고 있다는 내용이었고, 이는 암호화한 육성 보고였기에 조작되었을 리가 없습니다. 그러니 그 정체불명의 병기는 그들을 따로따로 빠르게 제압해 나간 것도 아닌, 1층에 모인 모두를… 그것도 서가의 사람들을 피해 저격했다는 말이 되는데…… 이는 저희가 가진 기술로도 불가능하고, 마법으로 하고자 한다면 최저 6클래스 이상을 생각해 봐야만 합니다."

"그래, 확실히 그렇지……."

마탑이 가진 힘은 기실 단순히 마법적 힘에만 국한되지는 않았다.

전 세계의 뛰어난 수재들을 모아놓은 마탑은 과학기술도 이미 오버 테크놀로지라는 말이 아깝지 않을 만큼 뛰어난 수준을 이룩한 상태였다.

그런 그들조차 그런 대단한 병기를 떠올릴 수가 없었으니, 서가가 마탑보다도 뛰어난 지식 집단을 배경으로 두고 있는 게 아닌 다음에야 그런 무기가 저택에 있는 것은 불가능했다.

그렇다면 역시 눈이 가는 것은 마법이지만, 그에 대해서는 가장 확실한 증거인 마나 유동 조사표가 검증해 주고 있는 상황.

이번 사건은 그야말로 조사를 하면 할수록 미궁에 빠져드는 문제였다.

"그렇게 되면 결국 또 원점이군……."

"역시 당시 현장에 있던 서가의 인원을 따로 납치하거나 회유해서 정보를 얻는 게……."

그나마 가장 현실적인 답안이지만, 부탑주는 단호히 고개를 저었다.

"아니, 괜히 긁어 부스럼을 만들 필요는 없다. 서가에 정체불명의 위험요소가 있다는 것이 확실한 지금… 괜히 타초경사의 우를 범한다면 탑주를 볼 면목이 없어. 게다가 조사대로라면 당시 그곳에 있던 인원은 이미 서가의 특별 경호 속에 있다고 하지 않았나? 우리 쪽 인원이 아무리 뛰어나다고 한들 서가가 지키기로 마음먹은 이상 꼬리가 잡히지 않으리란 보장이 없어. 그나마 이전의 인원들은 모두 죽은 듯하여 우리의 정체가 밝혀지진 않은 것 같지만, 다음에도 그러리란 보장은 없지 않나?"

"……그렇습니다."

부탑주의 냉정한 말에 실망한 듯 고개를 떨군 남자이지만, 그것은 엄연히 현실이었다.

뛰어난 마법사들이 모인 마탑이지만, 부탑주의 말처럼 무리를 하기엔 그 위험성이 너무 컸다.

언령의
주인

"그러니 내가 가지."

남자가 자신이 실수했음을 시인하며 고개를 주억거리고 있을 때, 부탑주가 꺼낸 말이었다.

"……네?"

그리고 그 황당한 말에 남자는 저도 모르게 반문하고야 말았다.

"내가 직접 가겠다고 했다. 설마하니 서가의 전력이 아무리 뛰어나다고 해도 7클래스의 마법사를 잡아낼 정도는 아니겠지."

"그, 그런……."

부탑주에게 혼나던 순간조차도 최대한 냉정함을 유지하던 남자가 이렇게까지 당혹스러워하는 모습은 정말 처음 본지라 부탑주는 피식 웃으며 본인의 생각을 말했다.

"뭐, 생각해 보니 내가 가면 해결될 일 아닌가. 사실 나야 마탑에 계속 있기는 하지만 하는 거라곤 보고 받고 결제하고… 뭐, 그 정도의 일밖엔 없는데다 그 정도는 사실 자네가 해도 되는 것 아닌가."

"그, 그렇지만……! 탑주님이 안 계신 이상 최고 결

정권자이신 부탑주님께서 마탑에 안 계신다는 것
은⋯⋯!"

"뭐, 그렇게까지 중요한 일이야 있으려고. 내가 꼭
필요한 게 아닌 이상 중요한 사안 처리라고 해도 원거
리 통신으로 해도 문제없겠지. 거기에 만약 정말 내가
필요한 상황이라면⋯ 텔레포트로 와도 되는 일 아닌
가."

"테, 텔레포트요?"

"그래. 잊었나, 내가 7클래스라는 것을?"

확실히 그랬다.

7클래스의 탈인간의 경지에 오른 대마법사에게 마나
가 허락하는 한 공간의 제약은 없는 것이나 마찬가지였
다.

물론 텔레포트 마법의 위험성과 마법 자체의 난이도
를 생각하면 쉬운 일은 아니지만, 부탑주에겐 충분히
가능한 범위의 능력이었다.

그리고 이러한 능력에 대해 남자가 잊어버린 것은 아
니지만, 실제 텔레포트 마법을 구사하는 경우를 본 적
이 없기에 여태 그런 방법을 생각하지도 못했을뿐더러

애당초 텔레포트라는 말은 굉장히 비현실적으로 들려왔다.

"나도 제대로 사용해 보는 건 이번이 처음일 거 같군."

"그, 그렇다면 위험한 것 아닙니까? 7클래스의 마법을 직접 본 바는 아니지만, 엘프 쪽의 전승에 따르면 실패 시의 위험이 굉장히 큰 마법이라 알고 있습니다."

"그래… 실패하면 확실히 죽겠지. 텔레포트는 그런 마법이니까."

담담히 말하는 부탑주에 반해 그 말을 들은 남자는 사색이 된 얼굴로 부탑주를 말렸다.

"그렇다면… 그건 너무 위험합니다. 지금까지 인간 역사상 텔레포트 마법을 사용한 기록도 없거니와, 만약 성공하더라도 관련한 자료가 아무것도 없으니 그 후폭풍이 어떻게 될지 알 수가 없습니다."

"후후, 그런 거야 차차 알아 나가면 될 것 아닌가. 그리고 인간 역사상 텔레포트 마법 사용 기록이 없다고는 하지만… 나는 분명 텔레포트 마법을 사용하는 사람을 봤는걸?"

그렇게 말하며 웃어 보이는 부탑주의 웃음에는 아주
재미난 장난감을 손에 쥔 아이와 같은 천진함과 즐거움
이 묻어나고 있었다.

'게다가 보기만 한 것은 아니지.'

사실대로 말하자면 부탑주는 이미 텔레포트 마법을
겪어본 사람이었다. 그것도 이미 수도 없이 말이다.

"옛? 그럴 수가!"

남자로선 짐작조차 할 수 없는 텔레포트 마법에 대해
이미 사용하는 사람을 봤다고 하는 부탑주에 말에 그는
크게 놀라는 한편, 마법사답게 자신으로선 어찌할 수
없는 신기원의 마법에 대해 무척이나 강한 호기심을 내
비쳤다.

"그게 누군지 궁금한가?"

"꿀꺽…… 구, 궁금합니다."

마법사로서 도저히 피해 갈 수 없는 유혹에 침까지
삼키며 떨리는 목소리를 낸 남자는 음흉하게 웃어 보이
는 부탑주의 입에 집중했다.

"그건……."

"꿀꺽……!"

바로 그때였다.

흠칫!

"……!"

부탑주가 갑자기 두 눈을 크게 뜨더니, 창문 하나 없이 밀폐된 이 회의실에서 어느 한 방향을 향해 고개를 돌렸다.

그러자 그가 고개를 향한 방향으로부터 아주 기묘한… 그로선 생전 처음 느껴보는 감각과 함께 지독한 불쾌감이 느껴졌다.

아니, 그건 불쾌감이라기보단 불안을 안겨주는… 마법사 특유의 감각이었다.

"……?"

한창 부탑주의 말에 집중하고 있던 그는 갑작스럽고도 이상한 부탑주의 행동에 눈을 동그랗게 떴다.

혹시 부탑주가 자신에게 거짓으로 장난을 친 것은 아닌가 하는 표정이었다.

그러나 이내 고개를 저을 수밖에 없었다.

부탑주가 장난을 좋아하긴 하지만 결코 허언을 하는

사람은 아니었다. 그것은 그의 일곱 개 서클이 증명해 주는 것이었다.

결국 그가 장난을 치는 건 아니라고 결론을 지은 남자가 부탑주에게 물었다.

"무슨… 일이십니까?"

척—!

남자가 걱정스레 묻자 부탑주는 가까이 다가와 있던 그를 손으로 제지하여 서 있게 한 후, 이내 회의실의 텅 빈 한가운데로 걸어갔다.

"잠시 다녀오지."

"예? 어디를……."

갑작스런 외출 선언에 당황스러워하는 남자를 두고 부탑주는 회의실의 한가운데 서서 수인을 맺으며 주문을 외우기 시작했다.

"그대, 나와의 언약에 따라 심장이 약동하는 이 순간 공간의 저편을 볼 수 있는……."

그렇게 시작된 부탑주의 주문은 금방이라도 끊어질 듯 혹은 끝날 듯 아주 아슬아슬한 어조와 성량으로 길게 이어졌다.

1분가량 주문을 외우자 그가 가진 언령의 힘과 서클에서 뿜어져 나온 마나에 동조한 외부의 마나가 어느새 회의실을 가득 채울 정도가 되었다.

그 어마어마한 마나 파동에 황망한 표정을 짓고 있던 남자는 휘날리는 서류들이 방해가 될까 싶어 재빨리 모두 잡아 품에 넣으며 부탑주의 마법을 가만히 지켜보았다.

그리고 마침내 부탑주의 입에서 마법의 시동어가 나왔다.

"……그 이상, 나의 의지가 닿는 세상의 끝으로 가리라! 텔레포트!"

파화화핫!

부탑주가 텔레포트의 시동어를 외우자 그와 동시에 휘황찬란한 광채가 갑갑하고 칙칙한 분위기의 회의실을 산뜻하게 채워 넣으며 그 가운데 서 있던 부탑주의 형체를 가려 버렸다.

그리고…….

슈루루루루룩—

마치 수챗구멍에 물이 빨려 들어가는 듯한 소리와 함

께 옅어져 가던 광채가 주변에 거대한 마나가 움직였음을 알리는 짙은 마나의 여운만을 남긴 채 완전히 사라져 버렸다.

그 안에 있던 부탑주의 모습과 함께 말이다.

"……."

이 일련의 과정을 모두 지켜보고 있던 남자는 자신이 품에 안고 있던 서류들이 금방이라도 쏟아질 듯 아슬아슬하게 걸린 것도 모른 채 멍하니 부탑주가 사라진 자리를 쳐다보다 이내 중얼거렸다.

"이게… 텔레포트……."

와르르르—

중얼거림이 신호가 되기라도 한 듯, 그의 품속에서 서류들이 우르르 흘러내렸다.

현우가 바깥의 현우를 물리치고 본래의 자리로 돌아온 순간의 일이었다.

"……음?"

어디인지 짐작조차 하기 힘든 푸른빛으로 감싸인 곳.

옆으로 물고기가 지나다니는 것을 보며 해저의 산맥

연령의 주인

을 걷고 있던, 칙칙한 회색 로브의 남자.

마탑의 탑주가 고개를 갸웃거리며 한 방향을 쳐다봤다.

'……너무 멀어서 착각했나?'

순간, 그의 감각에 스치고 지나간 기묘한 느낌.

그것은 얼마 전 마탑의 부탑주가 7클래스에 등극했던 순간과 비슷한 느낌이었다.

'설마 그럴 리가.'

이 세상의 또 다른 누군가가 7클래스에 도달했다고 생각하기엔 그 기척은 꽤나 미약한 감이 있었다.

이 세상에 와서 7클래스에 등극한 경우를 자신과 부탑주 외엔 겪어본 적이 없는데다 사실상 그 기척을 제대로 느껴본 건 부탑주 때가 처음이었으니 다른 누군가가 7클래스에 등극할 때도 똑같은 현상이나 기척이 느껴질 거라곤 생각하기 힘들었다.

무엇보다 그것은 정말 7클래스의 힘이라고 하기엔 너무나도 미약한… 아주 가느다란 실선과 같은 기척이었다.

만약 정말 7클래스의 마법사가 탄생한 것이라면 지

금보다 강렬한 기척을 느꼈으리라.

그 현상이 부탑주와 어떻게 다르든 간에 그러한 존재가 새롭게 생겨나는 순간을 포착하지 못할 리가 없었다.

마탑의 탑주인 그는 그만큼이나 자신의 능력에 자신이 있는 사람이었다.

'방향은 한국 쪽인가……. 어쩌면 부탑주가 가르친다던 마법사가 꽤나 괜찮은 깨달음을 얻은 건지도 모르겠군.'

탑주가 생각하기엔 그 이상의 대답은 찾을 수 없었다.

그가 아는 한 이 세상의 마법 수준은 5클래스에 머물러 있으며, 그것이 최고라 여겨졌다.

물론 6클래스의 마법사가 있기는 하지만 제대로 된 6클래스의 마법사는 오직 마탑에만 있고, 현재 세상에 알려진 열댓 명의 6클래스 마법사들은 오랜 세월 마법을 갈고닦아 5클래스의 한계 이상의 마나를 쌓아 서클을 늘려 6클래스가 된 경우가 대부분이었다.

뿐만 아니라 그렇게 6클래스가 된 그들에겐 정통의

언령의
주인

6클래스 마법이 없었다.

그들이 가진 여섯 개의 서클을 최대로 활용한, 각자가 가진 6클래스 마법들은 있지만, 체계화되고 공식화된 마법은 오직 마탑만이 알고 있는 내용이었다.

그런 그들이 7클래스에 오르거나 어떤 대단한 마법적 깨달음을 얻기란 하늘의 별따기보다 어려울 터, 가능성이 있다면 마탑에 있던 6클래스 마법사의 깨달음 정도였다.

'뭐, 가장 확실한 방법은 직접 가서 확인해 보는 것일 테지만……'

그 정도 일은 그에게 있어 그렇게 어려운 일은 아니었다.

부탑주가 그랬듯 탑주 역시 텔레포트 마법을 사용할 수 있는 대마법사. 또한 부탑주보다 뛰어난 실력을 가진 그였기에 바다 하나를 건너 있는 한국이라고 해도 그에겐 전혀 문제가 되지 않았다.

그러나 지금 그에겐 그런 사소한 일보다도 중요한 것이 있었다.

그의 원대한 야망을 실행하기에 앞서 필요한 사전 준

비 작업 중 하나였다.

탑주가 가진 마법사로서 특유의 감각에 부탑주가 그랬던 것처럼 불안이 계속 감지되었지만, 탑주는 이를 무시했다. 그러곤 휘적휘적 해저를 걸어 다녔다.

간혹 주변을 지나다니는 심해어를 보며 관찰하기도 하고, 심해를 걸어 다니는 사람에게 호기심을 갖고 다가온 생물을 즉석에서 해부해 보기도 하면서 주변의 풍광을 즐겼다.

그러다 마침내 어느 지점에 이르자 어디서 나온 것인지 모를 기다란 막대를 들어 해저의 한 점을 찍어 내렸다.

"흡!"

푸욱!

겉으로 보기엔 마른 나뭇가지처럼 가느다란 막대는 놀랍게도 바닥을 두부 찌르듯 쑤시고 들어갔다.

그러더니 이내 탑주의 조작에 따라 마치 나무의 뿌리가 퍼지는 것처럼 그 주변 수십 미터의 해저 밑바닥을 덮어버렸다.

"후후, 역시 다용도로 만들어두길 잘했군."

막대의 본래 용도가 무엇이었는지는 알 수 없지만, 여러 기능 중 하나인 듯 흡족해하던 탑주는 이내 바닥에 깔린 나무뿌리와 같은 그것을 세심히 살폈다.

그러더니 곧 고개를 끄덕이며 처음 막대를 박아 넣은 자리에 섰다.

그리고…….

부오오오오웅!

뽀그르르륵! 뽀그륵!

아무런 주문조차 외우지 않은 그의 주변으로 거대한 마나가 모여들며 소용돌이쳤다.

그 마나의 와류에 휩쓸린 바닷물이 해저 한가운데에 거대한 소용돌이를 만들며 주변의 사물들을 빨아들이자 해저의 생물들이 그로부터 벗어나고자 필사적으로 헤엄쳤다.

그러나 이리 돌았다, 저리 돌았다를 반복하며 주변의 바닷물을 흡수하다 못해 탑주가 있는 곳을 중심으로 일정 공간에 물이 없는 곳이 생겨나자 그들로서도 버틸 수가 없었다.

후둑! 후두둑!

팔딱팔딱!

바닥에 깔린, 나무줄기와도 같은 곳에 떨어져 내려 물을 갈구하는 다양한 심해어와 심해 생물들을 보며 그 중심에서 마나를 조율하던 탑주가 문득 눈살을 찌푸렸다.

지금 그가 하는 일은 그로서도 신중하고 조심스러울 만큼 먼지 한 톨의 실수나 방해도 있어서는 안 되었다.

째릿!

그가 눈을 들어 바닥에서 파닥이는 생명체를 쳐다보자 이내 몇몇은 산 채로 타 재가 되었고, 몇몇은 곧장 부패가 시작되더니 이내 검은 물이 되어 바닥에 스며들어 버렸다.

그렇게 몇 번의 눈짓으로 주변을 깨끗이 정리한 탑주가 마침내 만족스러운 표정을 내보이며 자신이 밟고 선 무대의 중심에 여태 모은 마나를 단숨에 밀어 넣었다.

그러자…….

파아앗!

여태 바닥을 뒤덮고 있던 줄기들이 군데군데 빛나며 동그란 원형의 진을 그려내기 시작했다.

팟! 팟! 팟!

완벽한 원형의 빛이 해저를 비추기 무섭게 이내 주변을 가득 채우고 있던 줄기들이 하나둘 빛을 내면서 곧 각자가 룬 문자의 형태를 이루기 시작했다.

그렇게 얼마 지나지 않아 바닥의 줄기들은 하나의 거대한 마법진을 이루고야 말았다.

"후후, 바다 밑바닥에 들어와 보는 건 처음이라 찾는데 조금 오래 걸리긴 했지만… 해저화산의 규모를 자동 탐색하는 마법의 효과가 이렇게 크게 나타나는 걸 보니 소득이 나쁘진 않군."

그렇게 중얼거리는 탑주의 말이 끝나기 무섭게 그가 선 바닥이 흔들리기 시작했다.

구궁…… 쿠구구궁!

구구구구구구……!

해저 깊은 곳에서부터 물을 타고 커다란 폭발음이 이어지는가 싶더니, 이내 주변을 떨어 울리는 지진이 시작됐다.

"좋군."

그러한 지진의 진동 속에서 기다렸다는 듯 만족스러운 표정을 지어 보인 탑주는 어느새 빛을 잃어버린 마법진의 한가운데로 손을 뻗어 자신이 꽂아 넣었던 막대를 회수했다.

슈루루루룩!

어떻게 그토록 커다란 마법진이 가느다란 막대 속에 들어갈 수 있는지 그의 손에 들려 나온 막대는 처음과 똑같이 팔 하나 정도 길이에 손가락 굵기의 모양을 유지하고 있었다.

탁탁!

거대한 지진에 의해 시야까지 흔들리는 상황이지만 탑주는 혹여 손상이라도 있을까 어지러운 시야 속에서 막대를 세심히 살펴보는가 싶더니, 이내 마법의 힘으로 순식간에 해수면을 향해 솟구쳐 올랐다.

그 급작스런 상승에 깊은 해저와 해면 가까운 곳의 농도 차에 의해 생겨난 압력이 탑주의 내장을 밀어냈다.

하지만 해저에서부터 아무렇지 않게 말을 하고 숨을

쉽게 해주던, 그의 몸을 감싼 바다 빛과 같은 푸른 막은 이를 아무렇지도 않게 막아내었다.

그리고 탑주가 해수면 위로 솟구쳐 어느 정도 허공에 떠올랐을 때쯤엔 바다 한복판에서부터 시작된 파도가 아주 천천히, 그러나 확실하게 그 몸집을 키워가며 저 멀리 있을 대륙을 향해 조용히 헤엄쳐 나가기 시작했다.

"후후, 대륙에 도달할 즈음이면… 확실히 대재앙이 될 수도 있겠군."

그는 포말조차 일지 않으면서 순식간에 몸집을 불려가는 파도의 모습을 보며 기쁜 듯 웃어 보였다.

커다란 파도의 거침없는 전진이 마치 그가 계획한 원대한 꿈을 향한 발걸음과도 같아 보였다.

"앞으로 몇 곳… 그 정도만으로도 세상은 확실히 원하게 될 것이야."

무엇을 원한다는 것인지, 그저 그렇게 말을 하며 하하, 웃어 보인 그는 이내 나머지 일을 진행하기 위해 몸을 돌리며 말했다.

"텔레포트."

파아아앗!

짧은 시동어와 함께 바다 한복판에 휘황찬란한 광채가 나타났다가 순식간에 탑주의 몸을 감싼 빛은 그에 동반한 바람으로 말미암아 탑주가 쓰고 있던 후드를 벗겨냈다.

파라락!

후드를 통해 드러난 그의 얼굴은 기다란 은빛 머리카락에 가려 제대로 볼 수 없었지만, 머리카락 사이로 신비로운 빛을 내뿜는 귀걸이만큼은 분명하게 볼 수 있었다.

남자가 하기엔 굉장히 화려한, 그러나 고풍스러움이 묻어나는 귀걸이였다.

또한 그 귀걸이에 새겨진 알 수 없는 글귀는 신비함을 더해주었다.

그리고 그런 귀걸이의 광채가 그의 머리카락에 가려 사라질 무렵.

피류류류—!

바람 빠지는 소리와 함께 빛이 흩어진 그곳에는 더 이상 탑주도, 화려한 광채도, 거대한 마나도 남아 있지 않았다.

계속해서 전진해 나가는 파도가 목적지에 도착하는 순간에 벌어질 참사를 알리는 듯한 스산한 바닷바람만이 있을 뿐.

그날 저녁.

전 세계의 모든 방송사가 태평양의 해저화산 폭발과 캐나다의 벤쿠버를 향해 몰려가는 거대한 해일에 대한 보도를 쏟아냈다.

*   *   *

[지금은… 니다!]

시끌시끌.

도대체 누가 이렇게 크게 텔레비전을 켜놓은 걸까?

텔레비전에서 흘러나오는 누군가의 급박한 목소리가 숙면을 취하고 있던 현우의 귓전을 때렸다.

하지만 소리가 컸던 탓일까?

도리어 그 내용이 현우의 귀에는 잘 들려오지 않았다.

무엇보다 현우는 잠을 더 자길 원하고 있었기에 그런 소리에 귀를 기울이지 않았다.

"핫……!"

하지만 결국 현우는 눈을 떠야만 했다.

화들짝 놀라며 자리에서 일어난 현우는 잊고 있던 자신의 상태를 점검하기 시작했다.

"몸……!"

침대에서 몸을 일으킨 현우가 재빨리 자리에 앉아 스스로를 관조하기 시작했다. 그리고는 가볍게 한숨을 쉬었다.

'후우……'

현우의 안에 갇혀 있던 '진짜 현우'의 존재가 감지되지 않았다.

계획이 성공한 것이다.

공유 마법의 충격으로 몸을 구속하고 있던 크리스털이 붕괴되고 결정적으로 박예은에게 따귀를 맞던 바로 그 순간, 현우는 전력을 다해 빼앗긴 몸을 되찾을 수 있었다.

물론 그 '진짜 현우'의 입장에선 다시 복제본에게

몸을 빼앗긴 격이겠지만.

어쨌든 현우는 그 덕분에 다시 이렇게 눈을 뜰 수 있었다.

'설마하니 내 안에 그런 게 남아 있었을 줄이야……. 정말 위험했어.'

사실 위험을 자초한 것은 현우 자신이지만, 그 부분에 있어서 현우는 불가항력이었다.

그 누구라 한들 설마하니 자신의 안에 또 다른 인격이 있고, 거기에 더불어 사소한 실수와 안일한 생각이 시발점이 되어 자신을 위협할 것이라 생각이나 했겠는가.

그 누구라도 못했을 생각이다.

'그래도 이렇게 해결됐으니 다행인가?'

전화위복이라고 해야 할까?

관조를 통해 살펴본 바로는 더 이상 진짜 현우의 흔적은 찾을 수가 없었다.

물론 진짜 현우가 깨어나기 전에도 현우는 자신을 관조하는 중에 이를 발견하지 못하긴 했다.

하지만 아예 몰랐다면 모를까, 이제 그 존재를 파악

하고 있는 한 현우의 시선을 벗어나기란 힘든 일이었다.

'물론 마지막에 말한, 끝이 아니라고 했던 것은 좀 마음에 걸리지만······.'

몸을 원래대로 되찾던 순간, 진짜 현우가 소멸하며 단말마의 비명처럼 내지른 '끝이 아니다' 라는 말은 불안감을 심어주기에 충분했지만, 이미 정체가 밝혀진 이상 이전처럼 쉽게 몸을 빼앗기거나 할 일은 없을 터였다.

그 진짜 현우의 말마따나 지금의 현우는 대언령사 칼롯 코즈너의 복제본이니 말이다.

"그나저나 나머지 애들은 어떻게 된 거지? 새엄마는?"

저도 모르게 혼잣말을 내뱉던 현우는 순간 자신의 입을 틀어막으며 흠칫 놀랐다.

사소한 말실수로 그렇게 위험한 일을 겪어놓고도 오히려 그전보다 아무렇지 않게 혼잣말을 늘어놓는다는 점과 자신이 말을 하고 있다는 것에 놀란 탓이었다.

'나란 녀석은 참으로 위기의식이 없군······. 진짜 칼

롯 코즈너가 봤다면 혀를 찼겠어.'

그렇게 자신의 실수를 자책한 현우는 이내 손을 뻗어 자신이 누워 있던 병원 침대의 모서리, 쇠 부분을 움켜쥐며 그 차가운 감촉을 느꼈다.

'……감각이 돌아왔다?'

놀라운 사실에 눈을 크게 뜬 현우는 이내 침대의 푹신한 부분이나 손목에 손가락을 얹어 심박이 뛸 때의 감촉까지도 확인을 했다.

그리고 자신의 잃어버린 감각이 확실히 제 기능을 하고 있음을 확인하고 나자 정말로 무언가 잘못됐다는 듯 크게 인상을 찌푸렸다.

'희생 마법의 제물로 사용되어 영구 소실된 것이 돌아오다니, 그럴 수가 있나?'

희생된 생명력이야 당연히 불가능하지만, 손상된 감각 등은 신체가 영구 결손이 된 게 아닌 이상 재활 훈련이나 감각을 강화하는 훈련을 통해 어느 정도 복구가 가능했다.

하지만 이렇게 빨리는 불가능하며, 이렇게 완벽하게 돌아오는 것은 장담컨대 어떤 경우에도 있을 수 없는 일이었다.

'설마 내가 저 스스로 몸의 감각이 온전히 돌아올 만큼 오래 잠들어 있었단 건가?'

그게 얼마나 말이 안 되는 것이냐면, 현우가 이런 황당무계한 생각을 할 정도였다.

'대체 어떻게 된 거지?'

현우는 본래의 무뎌진 감각으론 가능할 리 없는, 맥박을 느끼거나 자유로운 발성 연습을 하면서 이러한 '이상'에 대해 확인해 봤다.

그 결과, 자신의 몸 안에 가득한 마나를 확인할 수 있었다.

'아까 관조할 때도 마나가 유달리 몸에 많이 들어와 있긴 했지만, 평상시에도 몸 안으로 마나가 모여들거나 하는 건 자주 있는 일이라 신경 쓰지 않았던 건데……이 마나, 일반적인 대기 중의 마나가 아니군.'

그제야 현우는 자신의 몸에 담긴 마나가 평범한 마나가 아닌, 생명력을 포함한 질 높은 마나이며, 그것이 자신의 몸에 활력을 불어넣고 있음을 알 수 있었다.

'어떻게 이런…… 아!'

그때, 현우에게 떠오르는 게 있었다.

진짜 현우에게 몸을 빼앗겼을 무렵, 진짜 현우가 했던 가장 첫 번째 일은 바로 눈앞에 있던 이성희와 김예린의 몸에서 생체 활동을 보조하는 기초 마나를 뽑아내는 일이었다.

또한 그 이후로 서보람의 마나와 굉장한 양을 지니고 있던 아나피의 마나까지도 빨아들였던 것을 똑똑히 기억했다.

당시 몸의 주도권이 바뀌었지만 몸 자체는 감각 일부를 상실한 상태였으니 마찬가지로 말도 하기 힘들었을 터.

새엄마 박예은에게 하고자 하는 말이 많았던 진짜 현우는 자신의 감각을 되찾아줄 마나부터 확보했던 것이다.

'으음… 좀 미안하군.'

자신 때문에 아마 지금도 잠에 빠져 있을 네 사람을 생각하니 마음에 걸렸다.

김예린이야 애당초 진짜 현우의 목표 대상이었다고 쳐도 나머지 세 사람은 우연치 않게 말려든 피해자가 아니던가.

감각이 돌아와 말을 할 수 있게 된 건 기쁘지만, 어차피 이대로 마나가 모두 소모된다면 다시 원래대로 돌아갈 몸 상태였다.

생명력을 잔뜩 내포한 마나를 몸에 들인 상태니 마나가 모두 빠져나가도 생명력이 녹아들어 예전의 깨어난 직후에 비해 나아지긴 할 테지만, 현우 때문에 빼앗긴 그녀들의 생명력 일부를 소모성으로 사용하고 있다는 점은 꽤나 미안한 일이었다.

'그러고 보니… 정말로 여자들이 다 어디로 간 거지?'

조금 전에도 이 병실에 모였던 여자들에 대해 생각을 하던 중 돌아온 감각으로 인해 정신을 빼앗긴 참이었다.

'환자복이나 침대 시트가 바뀌어 있는 걸 보면… 누군가 정리를 하긴 한 것 같은데…….'

게다가 현우를 깨웠던 텔레비전도 켜져 있었다.

텔레비전의 화면에는 긴급 속보를 알리는 자막이 큼지막하게 박혀 있었고, 잠결에 들은 급박한 목소리의 주인공은 리포터였던 듯 어딘가의 해상에서 헬기를 타고 있는 모습의 리포터가 여전히 큰 목소리로 해일이니 지진이니 하며 호들갑을 떠는 중이었다.

'흠, 뭔가 일이 났나 보군.'

잠시 긴급 속보 내용에 눈이 가긴 했지만, 기상이변 등으로 인한 자연재해는 어느 세상, 어느 곳에서나 늘상 있어오던 일이기에 그다지 오래 현우의 시선을 잡아두진 못했다.

재해로 인해 일어나는 피해는 안타깝지만, 그러한 자연의 섭리에 간섭을 하기엔 현우의 시선은 이미 그보다 위에 올라 있었다.

그리고 지금 그보다 중요한 것은 행방을 알 수 없는 여자들의 사정이었다.

'그래도 덕분에 아직 하루가 지나진 않았다는 것 정도는 알 수 있었군.'

긴급 속보이긴 하지만 정규 방송 중에 나온 듯 9시 뉴스의 로고와 자막으로 나오는 날짜 등이 박힌 화면은 지금이 여전히 그토록 바빴던 오늘 하루 중 일부란 것을 알려주고 있었다.

'그럼 아직 다 잠을 자고 있으려나? 그럼… 옷을 갈아입힌 건 누구지? 텔레비전을 보고 있던 건 또 누구고?'

옷을 갈아입힌 거야 간호사가 그랬다고 치더라도, 그 전에 간호사가 마주쳤을 것은 바닥에 쓰러진 여자들이었을 것이다.

새엄마 박예은이야 현우가 잠든 후 어떻게 되었는지 알 길이 없지만, 그녀가 다른 여자들과 달리 잠들지 않았더라도 그녀가 옷을 갈아입히거나 현우의 병실에서 텔레비전을 보고 있을 이유가 없으니 의문이 들기는 했다.

'그런 거야 어쨌든 만약 새엄마 혼자 깨어 있었던 거라면… 꽤나 곤욕을 치렀겠군.'

특히나 진짜 현우가 바깥에 나와 있는 동안 그녀에게 마법을 사용했던 일이나 중간에 그가 걸어둔 투명화 마법이 풀리며 여자들이 나타난 일 등 여러 가지를 직접 목격했지만, 마법에 대해 무지한 그녀가 이를 입증할 방법 같은 걸 알 리 없었다.

게다가 무엇보다 가장 중요한 현우가 피를 토하고 잠

들어 있으니 좋은 꼴을 보긴 힘들었으리라.

'차라리 그때 일부 마나를 뺏긴 것으로 잠들어 버렸다면 더 나았을 테지만……'

세상엔 간혹 과학적으로 입증하기 힘든 일이 있기 마련이기에 전부 쓰러져 잠들어 있었다면 우겨보는 정도는 할 수도 있을 터였다.

'뭐, 거짓말을 해야 한다는 점은 좀 걸리지만… 마법은 그런 게 아니더라도 이미 사용할 수 없는 상태니.'

사실 현우가 깨어났을 때 가장 먼저 확인해 본 것은 마법과 관한 것이었다.

여전히 마나는 확실히 느껴지지만 현우의 의지에 따라 움직여 주지는 않았다.

그때는 말을 할 수 있다는 것을 알지 못했기에 직접 언령을 통해 마법을 발동시켜 본 것은 아니지만, 이미 그런 게 아니더라도 의지로 자유롭게 마나를 다루지 못한다는 부분에서 이미 아웃이라고 할 수 있었다.

이왕 그렇게 된 이상, 또 다른 거짓말을 못할 이유는 없었다.

물론 여전히 마법에 대한 기대를 완전히 저버리진 않았기에 거짓말이란 것이 꺼려지긴 하지만… 정말 필요한 순간, 거짓말 한 번으로 위기를 모면하는 게 가능하다면 그게 잃어버린 마법으로부터 한 걸음 더 물러서는 일이라도 감수할 만했다.

'일단 병실 밖을 나가봐야 알 수 있겠어.'

병실의 텔레비전이 켜져 있고 그 앞에 의자가 놓여 있는 것을 보면 누군가 돌아올 가능성이 높아 보였지만, 되도록 주변 상황을 직접 눈으로 파악하고 싶은 게 현우의 지금 심정이었다.

사실 이 침대에서 깨어난 이래 단 한 번도 이 병실 밖으로 나가본 적이 없지 않던가.

이곳 병원의 구조는커녕 지금 현우는 잠들어 있을 다른 여자들이 어느 병동에 있는지도 몰랐다.

턱.

비틀.

근래 들어 두 번이나 정신을 잃고 깨어나길 반복하는 동안 단 한 번도 두 발로 서본 적이 없던 탓인지 슬리퍼를 챙겨 신고 바닥에 걸음을 내딛자 몸이 비틀거렸다.

곧장 침대를 짚는 것으로 균형을 잡긴 했지만, 감각이 무딘 상태 그대로였다면 반응하기 전에 이미 바닥에 쓰러졌을 것이다.

'쩝, 진짜 녀석이 뽑아낸 마나에 꽤나 도움을 받는군.'

본인의 손으로 지워 버린 과거가 벌여놓은 일 중 하나에 도움을 받는다는 게 새삼 기분이 묘했기에 현우는 입맛을 다셨다.

지이익— 탁!

지이익— 탁!

아직 불안한 걸음걸이로 비틀비틀, 병실 문을 향해 걸어가는 현우의 머릿속으로 문득 떠오르는 것이 있었다.

'음, 그러고 보니 아나피가 발견되었으면 그건 꽤 큰일 아닐까?'

아나피가 왜 여기에 있는지는 사실 스스로도 확실히 알지 못하지만, 대충 서보람을 따라왔을 거라 짐작하고 있던 현우였다.

그런데 그런 그녀가 느닷없이 현우가 있는 병실 바닥에 쓰러져 있는 채 발견되었다면 굉장한 논란거리가 될 터였다.

그녀가 한국에 도착한 직후 곧장 얼굴도 알릴 겸 순진한 아나피를 꼬드겨 찍은 광고의 효과로 최소한 대한민국 국민 중 그녀의 얼굴을 모르는 사람은 없다고 해도 과언이 아닐 정도였다.

그런 만큼 그녀가 이런 곳에서 쓰러진 채 발견된 것이 세간에 알려진다면 국제 문제로 번질지도 모르는 일이었다.

'후우, 이래저래 복잡하군.'

지금은 사라진 진짜 현우가 벌여놓은 일들을 뒤처리할 생각을 하니, 벌써부터 골이 지끈거리는 듯했다.

게다가 지금 현우에겐 마법의 힘도 사라진 상태가 아닌가.

그가 할 수 있는 일은 상당히 제한된다고 할 수 있었다.

이런저런 고민 속에서도 꾸준히 걸음을 옮긴 현우는 어느새 병실의 문 앞에 도달했다.

그리고 그 와중에 머릿속 일들을 간단히 정리해 나갔다.

'그래. 일단 눈앞에 닥친 일부터 하나씩 해결하는 거야. 당장 병실 문을 열었을 때 무슨 일이 벌어질 줄 누가 알겠어? 할 수 있는 것부터 하나씩 해결하는 게 맞겠지.'

그렇게 생각하며 현우가 병실의 문을 여는 순간이었다.

드르르르륵!

"꺄르륵!"

"그래서 그날 제가……."

"엑! 거짓말!"

"어?"

문이 열림과 동시에 우르르 쏟아져 들어오는 여자들을 보며 당혹스런 목소리를 낸 현우.

이야기에 정신이 팔려 미처 현우를 발견 못한 김예린이 가슴팍에 부딪쳐 함께 넘어지는 것을 필두로 뒤따라 들어오던 서보람과 이성희가 그 뒤를 따라 와르르 넘어졌다.

"윽! 뭐얏!"

"꺅!"

"까악!"

넘어지는 와중에도 곧장 손을 들어 당장 자신의 가슴
팍에 머리를 찍어오는 김예린을 막아낸 현우는 팔에 뭘
그렇게 잔뜩 안고 있는 것인지 머리가 맨바닥에 닿기
직전인 두 여자가 미처 손을 들어 머리를 보호할 생각
조차 못하는 것을 보면서 저도 모르게 외쳤다.

"자, 잠깐!"

그 순간.

느—릿.

현우에게 눈앞의 모습이 왠지 느리게 느껴졌다.

그리고 그 순간, 바닥을 향해 머리를 들이미는 서보
람과 이성희의 모습을 보면서 느릿하게 양팔을 뻗어 나
가던 현우는 생각했다.

'이게 찰나지간에 뇌의 연산이 빨라진다… 바로
그건가?'

사실 현우는 이런 현상을 이미 칼롯 코즈너의 삶 속
에서 몇 번이고 겪어본 바가 있었다.

지고의 대언령사가 되기 이전 여러 위기의 상황 속에서 저도 모르게 뇌가 최대로 활성화된 덕분에 위기 상황을 벗어날 수 있었던 것이다.

그리고 지금도 팔이 뻗어 나가는 게 느리긴 하지만 마나 덕분에 몸 상태가 나아진 탓인지 아슬아슬하게 그녀들의 머리를 지킬 수 있을 것 같았다.

'물론 이런 게 위기 상황으로 생각되어서 발동할 거라곤 생각하지 못했지만… 뭐, 좋은 게 좋은 거지.'

이미 두 여자의 머리를 받아낼 준비를 마치고도 여유가 남은 현우는 그렇게 딴생각을 했고, 심지어 여유롭게 뉴스의 내용도 들을 수가 있었다.

[금일 일어난 태평양의 해저화산 폭발은 그 전조를 전혀 감지를 못했던 것으로 알려져 관련 연구를 맡고 있던 과학자들을 향한 비난이 끊임없이 쏟아지고 있습니다.]

'그래, 세상에는 과학으로 입증하기 힘든 게 있기 마련이야. 물론 후세에 과학이 더 발전한다면 저런 것마저도 입증해 낼 테지만… 그땐 그보다 더 어려운 문제가 있겠지.'

그리고 그게 바로 인류의 발전을 의미하는 것일 터였다.

그렇게 한참을 여유 부려 마침내 양손이 정확히 두 여자의 머리가 떨어질 낙하지점에 다가가는 순간, 세상이 원래대로 돌아오며 소리가 울려 퍼졌다.

턱! 터덕! 털푸덕!

"윽!"

"아얏!"

"꺅!"

'턱?'

사람이 넘어졌다기엔 조금 작은 소리가 울려 퍼지며, 현우의 양손에도 별다른 무게감이 느껴지지 않았다.

하지만 그에 대해 딱히 이상하게 생각하는 사람은 없었다.

아니, 그런 생각을 할 겨를이 없었다고 생각하는 게 맞았다.

어쩌다 보니 어정쩡하게 현우의 품에 안긴 김예린은 물론, 현우의 손바닥에 이마를 대고 엎드린 자세가 된 두 여자가 얼굴을 붉히며 벌떡 일어나 현우를 향해 소리쳤기 때문이다.

"오빠! 갑자기 문을 열면 어떡해요!"

"바, 바보야! 기껏 사 온 과자가 부서지면 어쩔 뻔했
어!"

"그… 괜찮아?"

"……."

적반하장도 유분수지, 기껏 다칠 뻔한 걸 도와줬더니
한다는 소리들이 가관이었다.

물론 마지막에 이성희는 현우의 안부를 묻긴 했지만,
앞서 인물들의 말 때문인지 그다지 귀에 들어오지 않았
다.

그렇게 씩씩대며 화를 내는 두 동생과 유일하게 안부
를 물은 동급생을 지그시 바라본 현우는 잠시 말을 않
다가 문득 떠올랐다는 듯 물었다.

"그러고 보니 너희는 어떻게 깨어 있는 거지?"

"응?"

"뭔 소리야?"

현우의 물음에 마치 금시초문이라는 듯 눈을 껌뻑이
는 두 여동생을 보면서 오히려 현우가 너희야말로 어떻

게 된 거냐는 듯한 표정을 지으며 눈으로 되물었다.

"……."

"……."

"……."

그때, 현우의 말을 듣고 멍하니 서 있던 다른 한 명, 이성희가 손뼉을 치며 생각났다는 듯 말했다.

"아! 혹시 우리 다 잠들었던 때를 말하는 건가?"

"아, 그거 말한 거였어?"

"그건 오빠가 어떻게 깨어 있는지 생각하면 되는 거 아닌가?"

그제야 이해가 간다는 듯 고개를 주억거리는 동생들과 정답을 말한 것에 뿌듯함을 느끼는 듯 조금 웃어 보이는 이성희를 보며 혼란을 느낀 현우는 오히려 고개를 갸웃거리며 물었다.

"무슨 소리를 하는 거지?"

"……응?"

"오빠, 왜 그래요? 아직 잠이 덜 깼어요?"

"현우가 많이 다치긴 했으니까… 겉보기엔 괜찮아 보여도 분명……."

진심으로 걱정이 되어서 그러는 건지, 아니면 놀려 먹을 생각인 건지, 정체를 알 수 없는 대화를 하는 그녀들을 보며 현우가 정말로 모르겠다는 표정을 짓자 이성희가 다시 한 번 현우를 도왔다.

"갑자기 잠들어 버려서 기억이 흐릿한 거 아닐까? 왜, 그런 거 있잖아. 잠결에 꿈을 현실로 착각하거나 피곤하면 몽롱해져서 잘 기억이 안 나는, 그런 거."

"아항~!"

"확실히 마지막에 잠들 때도 별로 상태가 좋진 않았으니까."

"……."

그렇게 의미 모를 말을 저들끼리 한참을 주고받던 세 여자 중 김예린이 대표가 돼서 현우에게 그가 기억 '못 하는' 아까의 사정을 설명했다.

"흠흠, 오늘 우리가 있는 층에 환자 한 명이 발작을 일으키는 바람에 급히 재우려고 수면 가스를 썼다더라고… 그런데 그 발작이 너무 심해서 난동을 부리다 잠들기 전에 가스통을 고장 내버렸다는 거야 글쎄. 덕분에 그 가스가 층 전체에 퍼져서 우리 층 병실 사람들이 환자고 보호자고 전부 잠들어 버리는 일이 있었거든.
덕분에 병원 측에선 자기들 실수라며 전부 병실을 배정
해 주고 다들 푹 잘 수 있게 해줬고… 그중에 일찍 일
어난 우리끼리 편의점에 다녀오는 길이었어."

"내가… 수면 가스로 잠들었다고?"

"그래!"

그렇게 말하며 크게 고개를 끄덕이는 김예린의 얼굴
엔 오빠를 가르쳤다는 뿌듯함이 묻어나는 표정이 어려
있었다.

그리고 현우는 속으로 외쳤다.

'그럴 리가 있겠냐!'

세상천지 어느 병원이 요즘 발작하는 환자를 재우겠
다고 수면 가스 같은 것을 쓴다는 말인가.

현대의 의학 기술은 프로포폴이라는 주사 한 방이면
환자를 하루 종일 잠만 자게 만들 수 있었다.

물론 약이 잘 먹히지 않거나 약을 쓰면 위험할 수 있
는 환자를 위해 수면 가스 같은 걸 사용하는 경우가 있
을지도 모르지만, 최소한 현우가 아는 한 그런 경우는
드물다 못해 사례를 들어본 바가 없었다.

'얘들은 설마 바보인 건가? 누가 봐도 거짓말이잖아, 그런 건!'

물론 과학이나 의학 상식에 무지하다면 잘 모를 수도 있겠지만… 가스통이 고장 난 상황과 후속 처리에 대한 의심을 하지 않는다는 건 현우로선 도무지 이해할 수 없는 일이었다.

'설령 정말 그런 일이 일어나서 가스를 저장해 둔 통이 고장 났다고 해도… 그게 고장 날 당시에 있던 의사나 간호사들은 가스가 새어 나가서 층 전체에 퍼지는 걸 보고만 있기라도 했다는 거야? 아니면 설마 그 사람들도 전부 잠들어 버렸다고 말하려는 건 아니겠지?'

하지만 현우의 생각은 안타깝게도 빠짐 없이 모두 들어맞았다.

"뭐, 그때 있던 의사와 간호사가 모두 경력이 얼마 안 돼서 허둥거리다가 잠들지만 않았다면 이렇게까진 안 됐을 테지만… 다친 사람도 없다니, 그냥 이렇게 넘어가려는 모양이야."

"……."

현우는 그야말로 할 말을 잃고야 말았다.

설마하니 저런 말도 안 되는 거짓말을 아무렇지 않게 믿고 있다니.

너무도 어처구니없는 상황에 시선을 돌려 나머지 두 사람의 눈을 본 현우는 한 점 거짓조차 느끼지 못한다는 듯 맑은 눈으로 자신과 김예린만을 번갈아 보는 두 사람의 모습에 내심 한숨을 내쉬며 그만 들어가라는 의미로 손을 흔들었다.

휘적휘적.

그러고는 곧장 병실을 나섰다.

"오빠, 어디 가?"

"······화장실."

병실을 나서자마자 등 뒤에서 그를 찾는 목소리가 들려왔지만, 대충 대답을 하곤 다시 어디로 향하는지 모를 병원 복도를 따라 걸어 나갔다.

대충 둘러댄답시고 말을 한 덕분에 화장실을 들러야 할 듯싶었다.

그때, 다시 한 번 동생의 목소리가 들려왔다.

"화장실··· 병실 안에도 있는데?"

"……바깥 공기를 좀 쐬고 싶어서 그래. 니 말대로 수.면. 가.스를 잔뜩 마셨을지도 모르니 맑은 공기가 좀 필요해."

"음… 그렇다면야 뭐."

그 말을 끝으로 수긍했다는 듯 현우의 뒷모습을 쫓아 병실 밖으로 고개를 빼꼼 내밀고 있던 김예린의 머리가 병실 안으로 쏙 들어갔다.

그렇게 자신을 향한 시선이 확실히 사라진 것을 느낀 현우가 조금 멍해 보이던 표정을 지우고 이내 심각하게 얼굴을 굳혔다.

'누군가 기억을 조작했다……. 도대체 누구지?'

오늘 일의 전말을 모두 알고 있는 현우에게 저런 말도 안 되는 이야기가 씨알도 먹힐 리 없었다.

그래서 확신할 수 있었다, 이들의 기억이 조작되어 있다고.

기억이 조작된 대상은 적게는 현우와 가까이 있던 여자들부터 넓게는 이 병원의 한 층 내지는 병원 전체 정도가 해당되었을 것이다.

'그만한 기억 조작을… 약 같은 걸 써서 했을 리는

없으니, 당연히 마법이란 것인데… 누가 나를 도운 거지?'

도왔다고 표현하긴 했지만 사실 도운 것인지, 아니면 무언가 다른 목적으로 병원 전체를 조작한 게 우연히 얻어걸린 것인지 현우로서는 아무것도 알 수가 없었다.

그도 그럴 것이, 막상 일의 당사자인 현우에겐 그 어떤 기억 조작의 흔적도 없고, 누군가 현우를 도운 것이라면 그 이유부터가 불분명했다.

'이쪽 세상에서 나랑 인연이 있는 마법사라곤 고작 해야 마탑의 부탑주란 인물과 서가의 마법사인 김택용… 그리고 아나피 정도가 있겠군.'

그중 현우에게 도움을 줄 만큼 특별한 인연이 있는 인물이라면 현우를 스카우트하고자 하는 부탑주와 현우를 따르는 아나피가 있을 테지만… 오늘의 아나피는 피해자였다.

그녀가 아무리 뛰어난 마법사라고 한들 마나를 몽땅 빼앗기고도 금방 회복하여 이렇게 대규모의 기억 조작 마법을 펼쳤을 것이라곤 생각하기 힘들었다.

'그렇다고 부탁주라고 생각하기도 어색하지.'

부탁주가 현우에게 빚을 지우고자 행동을 했다면 가능성이 있긴 하지만… 애당초 일의 선후나 과정을 알리가 없는 부탁주였다.

그는 고클래스의 마법사답게 생각을 할 줄 아는 인물이고, 불분명한 일에 함부로 손을 대지는 않았을 것이다.

그러니 만큼 현우를 포함해 주변 여자들에게 벌어진일이 무엇인지 알 수가 없는 상황에서 손을 썼을 가능성은 상당히 낮았다.

'거기에 의문점은 또 있지. 지금 멀쩡히 깨어 있는저 녀석들……!'

분명 진짜 현우에 의해 마나를 흡수당해 정상적이라면 내일까지 꼼짝 없이 잠을 자야만 하는 그녀들이었다.

하지만 어째선지 그녀들은 아주 쌩쌩한 듯싶었다.

'물론 내가 직접 했던 것이 아니니 마나를 전부 빨아들인 게 아니었을 수도 있겠지만…….'

그렇다고 치부하기에 지금 현우의 몸에 충만한 이 생

명력이 가득한 마나는 설명이 되지 않았다.

유일한 가능성이 있는 방법은 마나 주입을 통한 인위적인 회복인데…….

'그런 것을 아나피가 했다고 하기엔… 그녀에게도 마나는 모자랐을 테고… 부탑주였다고 하기엔 여전히 이유가 없으니…….'

그야말로 미궁이라는 말이 적합한 상황이었다.

의심 가는 부분이 이토록 많은데 가진바 정보가 너무 한정적이라 도저히 어느 것 하나 정답을 유추해 낼 방법이 없었다.

워낙에 정보가 적다 보니 오히려 정말 생뚱맞게 제3자의 개입이 있었다는 게 더 설득력이 있을 지경이었다.

그렇게 현우는 도저히 풀 수 없을 것 같은 이 여러 가지 질문들에 대한 대답을 찾고자 병원을 헤매고 다녔고, 덕분에 현우는… 아니, 현우를 포함한 병실에 있는 여자들까지 모두 알지 못했다.

그녀들이 넘어졌을 때.

찰나의 순간 생각의 시간이 주어졌던 그때!

그들 모두 수십 초간 같은 찰나의 순간을 겪었으며, 또한 분명 시간이 느려진 그 순간 뉴스 아나운서의 목소리는 그런 것에 영향을 전혀 받지 않고 정확히 또박또박 말을 했다는 것을.

그들은 전혀 깨닫지 못했다.

자신의 고민에 대한 답을 내려줄 조그만 흔적이라도 찾고자 병원을 구석구석 살펴보고 다니던 현우가 마지막으로 도착한 곳은 병원의 옥상이었다.

하지만 사실 현우가 병원 옥상으로 향한 것은 여태 찾아다니던 어떤 정보의 흔적을 찾고자 한 게 아니었다.

결국 병원을 다 돌아다니고도 답을 알아내지 못한 현우가 생각을 정리하고자 병실에 돌아오니 한창 세 여자의 걸즈 토크가 진행 중이었기 때문이다.

꽤 고급스런 병실답게 방음 기능을 갖춘 문이 있음에도 병실에 가까워질수록 문틈을 넘어 복도에 울려 퍼지는 소녀들의 하이 톤 수다는 현우의 발걸음을 돌리도록 만들기에 충분했다.

결국 현우가 택할 수 있는 것은 사람들이 많이 돌아다니는 병원 앞 조그만 정원이 아니라 쌩쌩 부는 찬바람 탓에 아무도 오지 않는 병원 옥상뿐이었다.

씨이이잉―!

"후우~"

귓가를 때리는 차가운 바람이 계절이 바뀌었음을 알려주며 현우가 내뱉은 한숨을 허공에 궤적으로 남겼다.

하지만 현우는 금방이라도 온몸을 꽁꽁 얼려 버릴 것 같은 이 차가운 공기가 마음에 들었다.

이토록 차가운 공기를 정면으로 맞고 있노라니, 머릿속의 복잡하던 것들이 모두 사그라드는 느낌이었다.

'그래, 이런 분위기를 원한 것이었어……'

근래 별로 조용할 날이 없던 일상을 떠올리며 바람소리밖에 안 들리는 지금의 적막감에 만족스럽게 고개를 주억거린 현우가 멍하니 하늘을 올려다봤다.

별다른 이유는 없지만, 왠지 별이 보고 싶었기 때문이다.

칼롯 코즈너 시절, 이렇게 머릿속이 복잡할 때면 하

늘에 떠 있는 무수한 별들을 보고 하나하나를 유심히 관찰하며 시간을 보내다 보면 어느새 고민이 풀려 있곤 했다.

물론 이는 시간을 보내는 것만으로 자연히 궁금한 것에 대한 깨달음을 갖게 되는, 당시의 칼롯 코즈녀였기에 가능한 일이었지만, 그런 것을 제쳐 두고서라도 이 세상에 온 뒤로 제대로 본 적이 없는 이 세상 하늘의 별들이 궁금해진 탓도 있었다.

하지만 새카맣기만 한 서울의 하늘은 달만이 휘영청 떠 있을 뿐, 단 하나의 별도 보이지 않았다.

문득 현우가 중얼거렸다.

"별이… 보이지 않는군."

"서울 한복판에서 별을 보기란… 말 그대로 하늘의 별따기지."

깜짝!

마치 기다렸다는 듯 대꾸하는 익숙한 목소리에 현우는 깜짝 놀라 몸을 돌렸다.

그러자 처음부터 그곳에 있던 것처럼 미동도 않고 한자리에 서 있는, 꽤나 익숙한 실루엣이 보였다.

'부탑주!'

"그래, 환자가 이렇게 추운 곳엔 어쩐 일인가?"

"갑자기 별이 보고 싶어져서……."

처음 의도야 혼자 생각할 곳이 필요했기에 온 것이었지만, 결국 별을 보고 싶어 했던 만큼 현우의 말은 거짓이 아니었다.

그러자 부탑주가 마치 추궁하듯 물었다.

"호오, 별을 보고 싶었다라… 내가 아는 김현우란 학생은… 별을 보고 감수성에 젖는, 그런 부류의 사람은 아닌 걸로 기억하는데?"

"……사람이란 변하기 마련이죠."

현우의 대답을 들은 부탑주가 흥미롭다는 듯 씨익 웃어 보이며 물었다.

"호오, 그 말은 지금 자네가 변했다는 말인가?"

"……그런 의미는 아니지만, 변하긴 했습니다."

"그으래? 과연 어떻게 변한 건지… 자네를 원하는 나로선 꽤 궁금증이 이는 부분인데, 대답해 줄 수 있겠나?"

"……."

현우는 대답을 하지 않았고, 부탑주도 그저 웃어 보일 뿐, 현우의 대답을 재촉하지 않았다.

대신 다른 질문을 해왔다.

"뭐, 자네도 아직 사춘기의 학생이니 가끔 이런저런 생각이 들기도 하겠지. 그런 부분은 나중에 말해주고 싶을 때 말해도 상관없으니 넘어가기로 하고… 사실 내가 자네한테 궁금한 게 있는데 말이지……."

꿀꺽.

조용히 말을 해 나가는 부탑주를 보면서 현우는 몰래 꿀꺽, 침을 삼켰다.

현우는 부탑주가 등장했을 때 확실히 알았다. 오늘 벌어진 일의 뒤처리를 한 것이 바로 부탑주라는 것을, 그리고 그가 지금부터 할 질문이 그것과 굉장히 밀접한 관련이 있음을 말이다.

"내가 오늘 우. 연. 히. 자네를 보러 왔다가 꽤 재미난 광경을 보게 되었는데 말이야……."

"……."

"내가 노리고 있던 학생 하나가 피를 토하고 병실 침대에 쓰러져 있고 그의 지인들이 전부 마나를 뺏긴 채

바닥에 드러누워 있더란 말이지?"

그의 말에 자신의 이름은 언급되지 않았지만, 현우는 무엇을 어떻게 대답하는 게 최선인지 이어질 질문에 대한 대답을 최대한 떠올리고 있었다.

"거기서 깨어 있는 것은 그 학생의 새엄마라고 들었던 여자 하나뿐이었는데, 마구 횡설수설하는 바람에 대답을 듣느니만 못했거든. 그래서 궁금한 게 많이 생기더란 말이야."

'제길, 내가 직접 마법을 사용하는 모습 같은 건 못 본 거 같지만… 새엄마를 만났다면 나에 대해 무언가를 들었을지도 모르겠군.'

차라리 아까 생각했던 것처럼 그녀 역시 잠들어 있었다면 차라리 좋았으련만… 하필이면 걸려도 저런 인간한테 걸리다니, 현우로선 이래저래 안타까웠다.

"아, 질문하기에 앞서… 이 질문들에 대해 이번엔 충실하게, 거짓 없이 대답을 해줬으면 좋겠네. 개인적으로 꽤 중요한 문제라서 말이지. 나는 내가 갖고 싶어 하는 인재의 머리를 마법으로 헤집어놓는 것 같은 일은 별로 하고 싶지 않아."

"꿀꺽⋯⋯."

한껏 긴장한 표정의 현우가 침을 삼키는 것을 확인한 마탑주는 현우가 자신의 말에 동의한다는 표현을 하지 않았지만 그 반응만으로도 충분하다는 듯 은근한 미소를 지으며 물었다.

"오늘⋯ 자네를 제외한 그 병실에 있던 모두가 마나를 빼앗긴 상태였지. 자네는 그들처럼 쓰러져 있긴 했지만 마나가 꽤나 충만했고, 대신 반대로 내상을 입은 상태였어."

"⋯⋯."

"그래서 말인데⋯ 오늘 자네의 여자들을 재우고 마나를 탈취해 간 범인은 누군가?"

"⋯⋯."

순간, 현우의 머릿속으로 많은 생각이 교차했다.

부탑주는 현우를 제외한 모두가 마나를 빼앗긴 상태라는 것을 알고 있고, 현우만이 마나를 많이 지니고 있었다는 것을 분명하게 언급했다. 즉, 마나를 흡수한 사람이 현우임을 이미 대놓고 의심하는 것과 다름이 없었다.

그렇다면 이런 질문은 떠보는 의도라고 생각할 수밖엔 없었다.

현우 자신이 그의 질문에 제대로 대답을 하는지 안 하는지를 감별하기 위한⋯ 그런 종류의 질문이라 지레짐작했다.

'어떡해야 하는 거지? 솔직하게 말한다면⋯ 마법에 대해 추궁 받을 것이고, 거짓을 말한다면 그가 납득할 만한 여러 가지 장치가 더 많이 필요할 터⋯ 생각나는 것을 함부로 내뱉을 수도 없다.'

현우가 진퇴양난의 기로에서 고민에 고민을 거듭하고 있을 때, 현우의 표정이 일그러지는 것을 조용히 감상하던 부탑주가 이내 자신의 턱을 슥슥, 쓰다듬다가 그제야 생각났다는 듯 말했다.

"아하, 그러고 보니 범인이 누구냐고 묻는다면 대답하기 어렵긴 하겠군. 자네로서도 아는 얼굴이 아닐 가능성이 크니까 말이야."

"⋯⋯?"

순간, 뜬금없는 그의 말에 현우의 동공이 잠시 커졌다.

하지만 이내 평온을 가장하며 묵묵부답으로 일관했다.

그러자 부탑주는 주저리주저리 떠들며 현우에게 살길을 열어주기 시작했다.

"흠, 그럼 질문을 어떻게 해야 하려나? 스무 고개… 같은 걸 해야 하는 건가? 어차피 그 마법사의 이름 같은 걸 말하는 건 무리일 테니까 말이야."

그렇게 말을 한 부탑주는 조용히 있는 현우를 향해 물었다.

"그 마법사가 혹시 여자였나?"

그 질문에 현우는 일순간 고민했지만, 이내 순순히 고개를 저었다.

만약 부탑주가 자신을 가지고 놀기 위해 이런 행동을 하는 것이라면 어쩔 수 없겠지만, 지금 상황이 현우가 생각하는 상황이 맞다면 의외의 구멍을 찾은 것일 수도 있었다.

현우의 대답을 확인한 부탑주가 이내 심각한 표정으로 중얼거렸다.

"흐음, 역시 그런가? 그렇다면 그 할망구는 아니란

거군…….”

 ‘있다! 분명히 내가 아닌 다른 누군가를 추측하고 있
어!’

 부탑주의 중얼거림을 들은 현우의 눈에 생기가 돌았
다.

 그의 중얼거림으로 미루어 보건대, 부탑주는 현우가
범인이라고는 꿈에도 생각 못한 채 가능성이 있는 인물
을 떠올리고 있는 듯싶었다.

 게다가 그가 말하길 아주 중요한 일이라고 했으니,
애당초 마탑이 노리고 있던 인물이거나 마탑과 관련된
인물을 의심하고 있는지도 몰랐다.

 ‘그래, 그가 갑자기 나를 보러 나타났다가 그런 상황
을 발견했을 확률은… 극히 낮지. 하지만 누군가를 찾
거나 추적하다 마법의 흔적을 보고 찾아온 거라면… 가
능성이 있어!’

 게다가 마나를 흡수하는 드레인 마법은 피시전자의
생명력을 탐하는 마법인지라 굉장히 사악한 마법이라
알려져 있지만, 그 가진바 회복 능력이 특별했기에 만
약 부탑주가 쫓던 인물이 추격을 당하는 중이었다면 원

기 회복을 위해 사용했을 법한 마법 목록에 들어가기에
충분했다.

'물론 여기까진 꽤나 비약이지만⋯ 어쨌든 저 추측
하는 행동을 보건대, 용의선상에 내가 없는 것은 알겠
군!'

현우의 생각대로 마탑의 추적이라든지 하는 것은 꽤
나 비약이 있는 내용이지만, 완전히 틀린 말은 아니었
다.

실제로 부탑주는 자신이 감지한, 새로운 7클래스 마
법사의 흔적을 뒤 쫓는 중이었고, 그중 가장 가능성이
높은 국내의 6클래스 마법사들 중 오늘 알리바이가 불
확실했던 인원 중 그 수를 추리는 중이었다.

그리고 그 과정에서 현우에게 성별을 물어본 것은
'피해자'인 현우가 당황스러운 와중에 상대의 외모에
대해 잘못 기억하고 있을 가능성을 배제하기 위함이었
다.

아무리 당황하여 기억에 혼란이 있더라도 사람의 성
별마저 틀린다는 건 오히려 힘든 감이 있었으니 말이
다.

'흠, 그럼 가능성은 일단 두 명으로 좁혀진 건가? 물론 또 다른 6클래스의 마법사가 있다는 가정은 할 수 있겠지만… 일단 당장에 의심 가는 인물들이 있으니까.'

그렇게 생각한 부탑주는 오늘 자신의 지인들을 지.키.기. 위.해. 정통 마법이 아닌 의식 마법으로 정체불명의 마법사에게 대.항.하.다. 내상을 입은, 자신이 점 찍어둔 인재에게 다시금 질문을 했다.

"그래, 남자라는 말이지… 혹시 얼굴의 특징이나 연령대 같은 것은 기억나는 게 없나?"

부탑주의 질문은 조금 전보다 상세한 정보를 원하고 있었다.

현우는 그에 대답하길 조금 망설였다.

지금부터 완전히 가상의 인물을 거짓으로 만들어 설명을 할 것인가, 아니면 자신의 특징을 그대로 설명하고 그런 특징을 가진 또 다른 인물이 있었다고 믿게 만들 것인가.

현우에겐 두 개의 선택지가 있는 셈이었다.

'나는 이제 거짓말을 해도… 되겠지? 게다가 그 내

용도 그다지 크거나 중요한 내용도 아니니 그다지 큰 손해도 아니고. 거기에 완전히 가상의 인물을 꾸며낸다면… 그 사이에 들어갈 이야기를 지어내는 정도는 간단하니 말이야.'

거짓말이란 것은 한 번이 어렵지 이어서 하는 것쯤은 정말 쉬운 일이었다.

수많은 책을 읽으며 많은 이야기를 머릿속에 담고 있는 현우라면 특히나 그러했다.

하지만…….

'과연 거짓말을 하는 게 옳을까?'

이성적으로 생각했을 때, 가장 확실하고 좋은 방법은 앞서 말한 완전한 가상의 인물로 거짓말을 하는 것이다.

현우와는 완전히 동떨어진 특징과 알려진 현우의 실력과는 완전히 다른, 뛰어난 실력을 가진 마법사 하나를 구상한다면 이 상황을 벗어나는 것은 식은 죽 먹기였다.

하지만… 그런 거짓말을 한다는 게 어째선지 꺼려졌다.

분명 이성은 거짓말을 하라고 계속 종용하고 있지만, 현우는 거짓말을 하길 꺼려하고 있었다.

이미 절체절명의 위기를 벗어나기 위해선 거짓말을 하는 것도 불사하겠다고 마음속으로 다짐도 하고, 마법이 떠난 몸이 된 이상 일정 수준의 거짓말도 그다지 문제가 되지 않는다는 것을 분명 알고 있지만……

현우는 그간의 몸에 익은 습관 때문인지, 아니면 자꾸만 머릿속을 찔러오는 이 정체불명의 불안감과 불쾌감 때문인지 도저히 거짓말을 하기 위한 입이 떨어지지 않았다.

현우와 전혀 반대되는, 땅딸막한 키의 퉁퉁하고 거뭇한 피부를 가진 남자를 연상하고자 했지만, 그 이상은 도저히 떠오르지 않았다.

마치 현우의 뇌가 동시에 반대되는 두 가지 생각을 따로 하는 듯, 한쪽에선 거짓을 만들고자 하고, 다른 한쪽에선 이미지가 선명해지지 못하게 방해하는 듯했다.

길지 않은, 오히려 한없이 짧은 침묵의 시간이 지나

고… 마침내 현우의 입이 열렸다.

　"그 남자는……."

　현우의 달싹이는 입술로 부탑주의 시선이 고정되었
다.

3.

재해

쒸우우웅—

'흠, 역시 마법을 쓴 걸까?'

찬바람을 가르며 하늘을 날아가는 부탑주의 머릿속
으로 조금 전 병원의 옥상에서 현우와 나눴던 대화가
떠올랐다.

"그 남자는… 굉장히 큰 키에 비쩍 마른 모습으로,
피부도 하얀 사람이었습니다. 그리고 젊었습니다."

"호오, 그래? 그 외의 특징은? 한국 사람이었나?"

움찔—

순간, 현우의 몸이 부탑주조차 알아차리지 못할 정도
로 살짝 떨렸다.

진실을 말하고 있는 현우는 이미 거짓말하기를 포기
한 상태였다.

그리고 지금 이 순간, 그가 설명하고 있는 남자가 한
국인이 아니라는 거짓말과 부탑주에게 혼란을 주기 위
해 일부러 말하지 않는 머리색에 거짓을 더하면 현우는
용의선상에서 완전히 멀어지고 안전을 확보할 수 있을
터였다.

하지만 현우는 그 선택의 기로에서 다시 한 번 진실
을 말했다.

"……검은 머리를 가지고 있었고, 한국어를 사용했
습니다."

분명 진실이지만… 애매한 말이었다.

현우의 증언으로 확인된 외모와 한국어를 사용한다
는 점에서 용의자는 꽤나 좁혀졌지만, 그것만으론 누구
하나를 특정하기 힘들었다.

현우가 말했던 특징들 중 부탑주가 준비한 인물들과

부합하는 부분이라곤 머리가 검고 한국어를 쓴다는 것 외엔 외형이 일치하는 사람이 아무도 없었기 때문이다.

사실 현우가 말한 외형도 현우 나름대로는 꽤나 노리는 바가 많은 대답이었다.

마법사란 족속들은 평생을 연구실에 틀어박혀 지내는 경우가 많은 탓에 체형이 극단적인 경우가 많았다.

매일 먹고 연구실 의자에 앉아 책만 파며 지낸 탓에 뚱뚱한 비만의 체형을 갖거나 반대로 끼니도 거르고 마법에 미쳐 연구만 하는 탓에 몸이 바짝 마른 경우가 대부분이었다.

뿐만 아니라 평소 햇빛보다도 연구실의 플라스크 따위에서 흘러나오는 기기묘묘한 불빛 보기를 더 오래하는 그들에게 하얀 피부는 아주 흔한 경우였다.

물론 키와 나이를 특정한 것은 꽤 범위를 좁혀주는 대답이지만, 사실 마법사에게 외모를 젊고 멋있어 보이게 하는 것은 전혀 어려운 바가 아니었다.

환상 마법 같은 고난이도의 마법이 필요한 것도 아니

고, 필요한 것이라곤 현대 의학의 힘을 빌릴 수 있는 충분한 재력과 이를 보조할 3, 4클래스의 몇 가지 생활 마법 정도만 있다면 누구든 젊어 보이는 데 문제가 없었다.

다만 3, 4클래스 급의 마법사들은 수재급의 인물들이라 한창 실력이 오르기 쉬운 시기였기에 공부에 열정을 쏟기 마련이었다. 그런 공부벌레들이 자신의 연구 시간을 소모해 외모를 가꾸는 경우는 굉장히 드물었다.

역으로 젊은 시절을 그리워할 나이가 되는 인물들쯤 되면 자글자글한 주름을 감추며 조금이라도 더 살고, 더 연구하고자 그제야 외모를 가꾸곤 했다.

즉, 현우가 대답한 젊어 보인다는 말은 정말로 젊을 가능성과 나이 많은 노괴물의 가능성, 두 가지를 동시에 내포한 대답과 다름없었다.

"흐음, 그렇단 말이지?"

그러한 현우의 대답의 문제점을 파악한 것일까, 아니면 그가 가진 목록상에 그런 사람이 없는 탓일까?

탐탁치않다는 듯 턱을 쓰다듬던 부탑주의 표정이 사

뭇 심각해졌다.

'이 아이의 말대로라면 정말 우리가 모르고 있던 새로운 마법사의 출현 가능성도 배제할 수 없겠어. 하지만 굳이 따지자면 기존의 마법사 하나가 마법을 써서 정체를 감추고 난동을 피우고 다녔다는 가능성도 있지.'

대략적인 결론을 내린 부탑주는 더 이상 현우에게 질문을 하지 않고 고민에 잠겼다. 현우에게 더 이상 질문해 봤자 얻어낼 게 없다고 생각했기 때문이다.

어차피 사건 정황은 현우 주변에 쓰러져 있던 마나를 빼앗긴 사람들을 보건대, 아마도 7클래스라 추정되는 마법사가 마나 흡수를 위해 현우네를 습격했다 정도로 이미 머릿속에서 정리를 마친 그였다.

'물론 왜 하필 그들이었냐는 질문이 나오긴 하겠지만… 그건 그 교류 엘프가 있었으니까.'

엘프 본인의 마나 소유량이 상당히 많기도 하거니와, 현우에게 빚을 지워둘 요량으로 치료를 하는 과정에서 보니 엘프가 소유하고 있던 마나는 정말 놀라우리만큼 높은 순도를 자랑하고 있었다.

대체 어떻게 그렇게 깨끗한 마나를 소유하고 있는 것인지, 마법사로서 호기심과 욕심이 생겼지만, 그가 간절히 갖길 원하는 현우의 지인이란 생각에 간신히 욕심을 참아낸 그였다.

자그마치 7클래스의 마법사조차 탐을 낼 만큼 순수한 마나를 지닌 엘프라면 마나를 수집 중인 마법사에게 있어 정말 최고의 먹잇감이었을 테니, 어찌 보면 습격받은 게 당연할 정도였다.

'그런 면에서 저 녀석은 운이 좋군.'

모두가 마나를 빼앗겨 쓰러져 있는 데 반해 현우 혼자만이 내상을 입은 채로 쓰러져 있었다.

물론 내상을 입은 게 마나를 빼앗긴 것에 비해 낫다고 할 수는 없지만, 부탑주가 아는 한 아직 완전한 마법사가 아닌 현우가 마나를 강제로 빼앗기는 과정을 겪었다면 성장기의 아이로부터 영양분을 빼앗는 것과 마찬가지였을 테니 여러모로 큰 손해였을 것이다.

'흠, 마나를 빼앗는 녀석이라······.'

딱히 떠오르는 인물은 없지만 이미 피해자를 확인한 바, 부탑주는 충분히 그런 인물이 있을 수 있다는 생각을 했다.

고위급 마법이 체계화되지 못한 이 세상의 6클래스 마법사들은 5클래스의 마법사들이 억지로 마나를 모아 서클을 늘린 것에 지나지 않았다.

그리고 그러한 방법은 현대 마법사들 사이에선 꽤나 현실적이며 정석의 방법이라 통하고 있다.

그런 와중에 클래스 업을 깨달음이 아닌 마나의 최대량을 늘려 강제로 올릴 생각을 하는 미친놈 한둘쯤 나오는 것은 그리 이상한 일이 아니었다.

'물론 일곱 번째 서클 생성에 필요한 마나가 결코 호락호락하지도 않고, 고작 마나를 모으는 것으로 7클래스가 될 수 있는가는 미지수지만……'

어쨌거나 그와 관련한 명백한 흔적들을 발견했고, 실제로 부탑주 본인도 짧은 순간 나타났다 사라진 7클래스 마법사의 기감을 쫓아 이곳에 온 것이 아니던가.

어쩌면 상대는 오늘 현우네… 그중에서도 엘프의 마나를 빨아들인 것으로 7클래스에 오른 상황일 수도 있었다.

'마나만으로 7클래스에 오른다는 것은 허무맹랑하다

고 생각하지만… 엘프가 지니고 있던 그 완벽에 가까운 고순도의 마나가 '내가 알지 못하는 어떤 특별한 작용을 했는지도 모르는 거니까 말이야.'

그렇게 그는 현우에게 아무런 질문도 하지 않고 당시의 사건 현장이나 과정, '범인의 동기까지 몽땅 다 구상해 냈고, 그 어떤 면에서 생각을 해봐도 이것 이상의 완벽한 이야기는 없다고 생각했다.

그리고 그것은 정말로 그런 사람이 있다면 가히 그럴듯한 이야기였다.

……정말로 있다면 말이다.

그는 자신의 뛰어난 두뇌를 맹신했고, 그 결과 현우의 거짓 없는 대답 속에서 완전한 가상의 인물을 떠올리며, 이른바 자승자박을 하고야 말았다.

슥슥슥―!

맹렬히 자신의 턱을 쓰다듬던 부탑주의 표정이 이리저리 찌그러지기를 잠시. 이내 현우를 향해 가볍게 웃어 보이며 작별 인사를 했다.

"그래, 잘 대답해 줘서 고맙네. 덕분에 도움이 되었어. 범인을 잡거든… 꼭 자네에게 알려주지."

"도움이 되셨다니… 다행입니다."

"그래. 상대도 마법사다 보니 찾기는 좀 번거롭겠지만… 우리 마탑 역시 그리 호락호락하지 않다는 걸 그 마법사도 알아야 할 거야."

그렇게 말하며 자부심 넘치는 얼굴로 웃어 보이는 부탑주를 보며 현우는 조심스레 궁금한 것을 물었다.

"그 마법사는 무슨 일을 저질렀기에… 마탑의 부탑주님이 직접 그를 쫓아다니는 건가요?"

"흠, 그건 말이지……."

사실 용의선상에서 제외되어 위험으로부터 벗어난 지금, 현우로선 그를 최대한 빨리 보내는 게 차라리 좋았다.

하지만 마탑의 부탑주씩이나 되는 인물이 직접 나서서 쫓는 인물에 대해 궁금증이 생기지 않을 수는 없었다.

물론 원래부터 쫓고 있던 인물이 있다는 것부터 현우의 가정이긴 했지만, 분위기를 보건대 정보가 거의 없긴 하지만 확실히 누군가 찾고 있는 인물은 있는 듯 보였기에 할 수 있는 질문이었다.

물론 틀린 추측이긴 했지만.

어쨌든 그 질문은 단순히 현우 개인의 호기심 외에도 마탑의 정보를 알 수 있는 질문이기도 했다.

부탑주가 직접 나섰다는 건 마탑의 손이 부족하다는 의미일 수도 있었다. 물론 지금 찾는 인물이 그만큼 중요하다는 의미로도 해석이 가능하기도 했으니, 그 대답의 결과만으로도 이래저래 단편적인 정보를 얻을 수 있었다.

그렇게 현우의 노림수가 담긴 질문을 받은 부탑주는 과연 이걸 말해줘도 될까, 하는 듯한 표정을 지으며 고개를 모로 꺾어 현우를 찬찬히 살피다가 이내 결심했다는 듯 말했다.

"흠, 그래. 이 정도야 뭐, 알려줘도 별문제 없겠지. 거기에 내 생각이지만, 자네가 이걸 듣는다면… 어쩌면 내 바짓가랑이에 매달릴지도 모른다고 생각되니 꼭 말해주고 싶어졌어."

씨익─

그렇게 말하며 길게 웃어 보이는 부탑주는 정말로 현우가 그의 바짓가랑이를 잡고 마탑에 들여보내 달라고

애걸하는 장면을 상상하는 듯했다.

이내 부탑주가 여전히 미소를 띤 채 그가 쫓는 자의 정체를 현우에게 말해주었다.

"내가 찾는 마법사는…… 바로 7클래스의 마법사라네."

흠칫!

현우로선 보기 드물게… 정말이지, 한눈에 보일 만큼 몸을 떨었다.

그 모습을 보고 이 어린 천재 마법사가 난생처음 들어보는 엄청난 단어에 깜짝 놀랐다는 착각을 하며 즐겁다는 듯 킬킬 웃어 보인 부탑주는 이번엔 현우를 향해 물었다.

"조금 전에 마탑의 부탑주씩이나 돼서 마법사 하나를 찾으러 다니냐고 물었지? 왜일 것 같나?"

"그렇다면……."

무언가 떠오른 것이 있다는 듯 말을 끝까지 잇지 못하는 현우의 모습을 보면서 한껏 기분이 좋아진 부탑주가 씨익 웃어 보이며 순순히 자신의 정체를 밝혔다.

"그래! 이 몸이 바로 그 마법사와 같은 7클래스 마

법사이기 때문이지. 정확하게는 7클래스 마스터이긴
하지만… 어쨌든 그 마법사를 확실하게 제압할 수 있는
인원이 필요했기 때문에 내가 이렇게 직접 움직인 거라
네."

"……."

"어때, 이해가 좀 가는가?"

"……."

묵묵부답 말을 않는 현우를 보면서 그야말로 완전히
얼어버렸다고 판단한 부탑주는 놀리기라도 하듯, 현우
의 어깨를 툭툭, 치고는 단숨에 허공으로 치솟으며 말
했다.

"후후, 오늘 일이 민간인에게 알려지면 귀찮아질 것
같아 그곳에 있던 다른 사람들의 기억은 모두 조작된
상태네. 자네만 빼고 말이지. 그러니 이 일에 관해선
되도록 함구해 줬으면 하네. 후후후."

뭐가 그렇게 기분이 좋은지 연신 웃으며 말을 한 그
는 그 말을 끝으로 새카만 밤하늘에 완전히 녹아들었
다.

여전히 멍해 있는 현우를 두고 말이다.

그리고 그것이 약 20분 전의 일이었다.

"으음, 조금 더 조사를 할 걸 그랬나? 고 녀석이 거짓말을 하진 않았을 테니 말한 건 전부 맞는 말이겠지만… 이걸로는 제대로 알 수 있는 게 없군그래."

부탑주는 허공에 몸을 띄운 채 자신이 현우에게 들은 바를 머릿속으로 정리하며 고심했다.

현우가 말해준 정보는 정체를 알 수 없는 마법사가 남자일 가능성을 높여주었을 뿐, 사실 무엇 하나 확실하지 못했다.

그래선지 현우의 병실에서 봤던 엘프를 제대로 조사하지 못한 게 영 아쉬웠다.

엘프가 지니고 있던, 그 압도적으로 순수한 마나는 어디에서 기인한 것이며, 그것이 보통의 마법사에게 줄 수 있는 영향, 그것으로 마나만 꾸역꾸역 모은 녀석이 깨달음의 영역을 무시하고 클래스 업을 할 수 있는지 등… 궁금한 게 너무도 많았다.

'쩝, 고 녀석의 지인이란 걸 알고 있으니 함부로 납치할 수도 없고… 뭐, 언제가 기회가 있겠지.'

일전에 교류 엘프인 그녀를 해치우면서 마탑의 계획을 진행하려던 것에 승인을 했던 부탑주지만, 20명의 아까운 인재들을 잃은 이후로 교류 엘프와 관련한 내용은 전부 폐기해 버린 상황이었다.

물론 여전히 그녀를 사용하면 계획의 진행 속도를 높일 수 있다는 것은 당시 그를 설득했던 부하가 아니더라도 충분히 납득하고 있지만, 최근 탑주가 직접 움직이며 일을 진행 중인 바, 사실상 계획 실행은 시간문제였다.

그런 상황에서 교류 엘프를 해치는 일은 사족에 불과했다.

'흠, 그럼 일단 확실하게 흔적이 나타났던 병원을 중심으로 차분히 조사를 해볼까?'

그것은 현우의 증언과 자신의 생각에 확신을 가진, 자신감 넘치는 시도였다.

그도 그럴 것이, 그는 자그마치 7클래스의 대마법사였다.

그는 현우가 가진 마법사로서의 기질과 특성을 믿어 거짓말을 하지 않았을 거라고도 생각했지만, 그보다 가장 확실히 믿고 있는 것은 그 자신의 실력이었다.

자그마치 7클래스.

마법을 사용하면 마나에 담긴 의지가 세상에 영향을 주는 절대적인 힘을 가진 존재.

그런 그는 자신에 대해 자만이라고밖엔 할 수 없는 확신을 가진 남자였다.

거기에 현우는 그가 이 세상의 모든 인재 중 가장 뛰어난 재질을 가진 천재 중의 천재.

똑똑한 현우가 자신에게 도움도 되지 않는 거짓을 말했을 리 없다고 확신하고 있었다.

아니, 그것 외에도 자그마치 7클래스에 이르는 자신이 한 말에 자연스럽게 담기게 되는 언령의 힘을 믿고 있었다.

그가 현우에게 가진바 힘으로 명령을 한 것은 아니지만, 이미 그의 말 한마디, 한마디에는 그가 의도하든 의도하지 않든 언령이 깃들게 되어 있었다.

그 힘이 얼마나 강력한가 하면, 만약 지금 그가 달려가서 당장 마탑에 들어오라고 한다면 현우는 저도 모르게 마탑의 계약 스크롤에 지장을 찍게 될 터였다.

하지만 그렇게 하지 않는 것은 현우를 존중하기 때문이며, 현우가 가진 천재적인 두뇌를 마법적 언령으로 강제하여 한계가 있는 인간으로 만들고 싶지 않았기 때문이다.

'거기에 데리고 놀면 재밌단 말이지.'

현우란 존재는 부탑주로서는 처음 보는 종류의 인물이었다.

그가 가진 대외적 신분만으로도 일상에서 쉽게 만날 수 있는 직급의 공무원 정도는 허리를 90도로 굽히게 만들 수 있고, 그 이상의 대단하신 분들도 그를 함부로 대할 수 없었다.

마탑과 마법사들 사이에서는 그보다 더했다.

마탑에 있어 부탑주의 존재는 탑주가 오래도록 자리를 비운 지금, 사실상 탑주와 동급 취급을 받고 있었다.

실제 마탑의 규칙도 탑주가 부재중인 동안 부탑주가 탑주 대리가 되긴 하지만, 지금의 마탑은 사실상 부탑주의 마탑이라고 할 만큼 그들의 충성심은 부탑주에게 편중된 부분이 있었다.

물론 그 부분 역시 그가 가진 언령과 마법의 힘에 자연히 이끌린 것이 기본이 된 것인 만큼 그보다 더 높은 경지에 있는 마탑주가 복귀한다면 어떻게 될지 알 수 없지만, 최소한 지금은 그런 상황이었다.

그리고 마탑 소속이 아닌, 일반의 마법사들 앞에서도 그랬다.

공인 5클래스의 신분증을 가지고 다닐 때도 그 앞에서 허리를 당당히 펼 수 있는 마법사가 드물었다.

또한 그보다 높은 6클래스의 마법사들 역시도 그에게 함부로 하는 이가 없었다.

그도 그럴 것이, 완전한 수련법과 키포인트가 되는 공부와 연구가 체계화되지 않은 지금, 현재의 6클래스 마법사는 오랜 시간 마나를 연공하여 강제로 클래스를 끌어올린 경우에 속했기에 5클래스의 마법사는 시간이 지나면 자연히 6클래스 마법사에 오르는 것처럼 인식되고 있었다.

즉, 시간만 지나면 곧 자신들과 같은 수준에 오를 상대를 괜히 건드릴 이유가 없다는 것이었다.

그렇게 모두가 떠받들고 고개 숙여 인사하며 존중하

기만 하던 인물들 사이에서 부탑주는 살아왔다.

그러던 와중에 발견하게 된 천재 김현우란 녀석은, 자신이 천재임을 과시라도 하듯 7클래스에 오른 지금의 자신이라 해도 과연 생각해 낼 수 있었을까 싶은 마법진과 관련한 연구를 하고 있었다.

그의 앞에서 허리를 숙여 인사하고 존중이 담긴 어투를 쓸지언정 다른 이들로부터 흔히 보게 되는 비굴함 같은 것은 전혀 찾아볼 수가 없었다.

또한 그가 직접 찾아나서 고른 인재들 중 마탑에 들어오라는 말에 대답을 미루고 있는 것도 현우가 유일했다.

부탑주는 마치 도도한 고양이와도 같은 태도를 보이는 현우의 모습에서부터 매력을 느꼈다.

그것은 고향을 떠나와 오랜 세월 동안 무료함 속에서 삶을 보내던, 나이 든 마법사에게 활력소가 되어주는 역할이었다. 그래서 그는 현우가 마탑에 들어오길 바라며 더욱 안달하고 있었다.

현우를 곁에 두고 가르쳐 대마법사로 만들었을 때 느낄 그 짜릿한 쾌감을 떠올리며 기대를 하고 있었다.

그러나 다른 한편으론 현우가 영원히 이렇게 미뤄주 길 바라는, 이율배반적인 생각도 갖고 있었다.

저토록 도도하게 구는 현우가 어느 날 갑자기 고개를 숙이고 들어와 보통의 다른 마탑의 사람들처럼 변해 버 린다면, 그것은 참으로 재미없는 일일 것이다.

그래서 그는 현우에게 그 선택을 맡기고 기다림을 즐 기는 중이었다.

'뭐, 그것도 오늘이 마지막이 될지도 모르지 만……'

오늘 부탑주 자신이 쫓는 마법사가 7클래스란 것을 말했을 때, 또한 자신이 7클래스 마스터란 것을 말했 을 때, 현우의 멍한 표정을 보면 7클래스라는 마성의 단어가 현우를 매료시킨 듯 보였다.

그 지고의 경지, 듣는 것만으로도 황홀해지는 그러한 경지라면… 그리고 언제나 배움과 깨달음을 갈구하는 마법사라면 그에 매혹되지 않을 수가 없을 터였다.

그래서 그는 조만간 현우에게 다시 찾아갈 생각이었 다.

오매불망 자신을 기다리고 있을 현우에게 최대한 애

를 태워 배우고자 하는 의욕을 최대로 끌어 올려볼 생각이었다.

'그럼 무엇부터 가르쳐야 할까…….'

아마도 서클을 만드는 법부터 가르쳐야 할 것이다.

누가 뭐래도 그가 본 현우는 아직 서클조차 없는, 그러나 재능만은 차고 넘칠 만큼 뛰어난 재목이었으니 말이다.

마법사는 고요한 밤하늘에서 키득키득 웃어 댔다.

그러곤 누가 볼세라 금세 입가를 굳혔다가 이내 무엇인가 생각난 듯 다시 키득키득 웃기를 반복했다.

그 모습은 일견 광기를 내포한 듯 보였지만, 밤하늘에 울려 퍼지는 그의 웃음소리만큼은 천진하기 짝이 없었다.

마법사의 길게 솟은 입꼬리가 밤새 내려올 줄을 몰랐다.

*   *   *

캐나다의 밴쿠버 해변.

아름다운 풍광과 관광객을 위한 많은 이벤트로 해마다 시즌을 가리지 않고 수많은 인파가 모이는 곳

하지만 지금 이곳에는 연일 불야성을 이루던 조명이 모두 꺼진 채 스산한 바람과 불길한 파도만이 넘실거리고 있었다.

현재 시각은 늦은 저녁.

태평양 한복판에서 시작된 파도가 해변에 도착하기까지는 한나절이 넘게 걸렸다.

"후우……"

을씨년스러운 풍광 속에 모습을 드러낸 건 어두운 밤의 그림자 속에서도 유달리 눈에 띄는, 늘씬한 미모의 여성이었다.

그리고 그녀의 뒤를 이어 어둠 속에서 하나둘 사람들의 모습이 나타나기 시작했는데, 그들 모두 한 조직에서 나왔다는 것을 알리기라도 하듯 미모의 여성을 제외한 모두가 검은 로브를 입고 있었다.

하지만 그들 모두가 같은 소속은 아닌 듯 로브의 어깨 부분에는 무채색으로 각양각색의 국기들이 그려져 있었다.

그중 단연 가장 눈에 띄게 많은 것은 이 땅의 주인인 캐나다 국기였고, 그다음으론 그들과 이웃해 있는 북아메리카, 남아메리카의 여러 나라들이었다.

개중엔 아시아의 국기들도 몇 개 보였는데, 거의 백여 명에 가까운 전체 인원 중 여섯 명이나 되는 인원이 한국의 국기를 달고 있어 시선을 끌었다.

하지만 그들의 시선은 오래가지 않았다.

모두가 이곳에 모인 이유가 있고, 모두가 목숨을 걸고 자원했기에 죽고 싶지 않다면 빨리 준비해야만 하는 것이 있었다.

백여 명에 이르는 사람들이 분주히 해변가에 무언가를 그리고, 새기고, 박아 넣기 시작했다.

그 상황이 소란스러울 법도 한데, 목숨이 달렸다는 생각 탓인지 굉장히 진지하고 조용히 진행되었다.

"그거 이쪽으로 가져와!"

"헤이! 컴 히얼!"

그러나 아예 의사소통을 하지 않고 백여 명이 같은 일을 할 수는 없는 법.

그들은 각자의 언어로 대화를 나누며 서로 맡은 바에

대해 논의하고 해야 할 일을 재분배하는 등 각종 대화를 나눴다.

위치가 위치이다 보니 대부분이 영어로 대화가 이루어졌고, 개중에 중국어를 비롯한 몇 개 언어들이 들려왔지만, 신비하게도 그들 중 어느 누구도 의사소통에 불편을 겪는 사람은 없는 듯했다.

그때, 한 사람이 인상을 찌푸리며 자신의 목에 걸린 목걸이를 꺼내더니 마나를 불어넣었다.

그러자 목걸이 한가운데에 박힌 작은 보석으로부터 은근한 빛과 함께 마나가 뿜어져 나와 목걸이 주인의 얼굴 주변을 특수한 수식으로 감쌌다.

그러자 그는 이내 인상을 펴고 다른 이들과 대화를 나눌 수 있었다.

그 광경은 마법을 모르는 이에겐 굉장히 생소하고 신비로운 모습이지만, 지금 이곳에 모인 이들에게는 무척이나 익숙한 듯했다.

아니, 그보다도 그들 모두가 그 사람과 같은 형태의 목걸이를 하고 있었다.

마나를 다루고 마법 아티팩트를 가진 그들.

그들의 정체는 두말할 것도 없이 마법사였다.

그러나 평범한 마법사와는 분위기도, 몸에 은근히 흐르는 기운도 수준이 달랐다.

이들이야말로 진정한 전투 마법사.

워록이라 불리는 이들로, 이곳 밴쿠버에 들이닥칠 대재앙에 대비해 세계 각국에서 보내진 정예 마법사 요원들이었다.

그들의 임무는 세계 각지의 분쟁이나 테러에 대응하는 것으로, 이곳 역시도 그들의 담당이라고 할 수 있었다.

그렇게 분주하게 움직이던 이들의 움직임이 서서히 멎어갈 무렵, 유일하게 아무런 행동도 하지 않은 채 그들이 하는 모습을 지켜보며 바다를 향해 쫑긋 솟은 귀를 기울이고 있던 여자에게 한국 국기를 로브에 단 남자가 다가와 말했다.

"델로니어스 님, 이제 곧 해일이 도착할 겁니다."

"준비는… 다 된 건가요?"

"…예정대로 저희 백 명이 펼칠 수 있는 최대 규모의 방어 마법을 설계해 뒀지만… 아시다시피 이 해일에

대한 정보가 너무 적어서 버틸 수 있을지는… 부딪쳐
봐야 알 것 같습니다."

"…위험하겠군요."

차분한 목소리로 자신의 생각을 말한 그녀는 불과 몇
시간 전까지만 해도 서울에 위치한 병원의 병실에 잠들
어 있던 아나피였다.

한국에서부터 벤쿠버까지의 거리를 생각하면 이토록
빨리 온다는 것은 불가능에 가까웠지만. 한창 물이 오
른 마도 공학과 특별한 상황에서만 이용 가능한 직행
항로를 타고 날아왔기에 가능한 일이었다.

사실 그녀로서는 이곳에서 벌어질 위험한 상황과 밴
쿠버까지의 이동 시간, 그리고 인명 피해가 생기지 않
을 거란 핑계로 오지 않을 수도 있었다.

하지만 그녀는 병실에서 깨어나 국정원으로부터 해
일과 관련한 연락을 받았을 때, 곧장 밴쿠버행을 택했
다.

그녀는 인류에게 있어 절대로 다치거나 죽어서는
안 될 소중한 교류 엘프지만, 그녀의 임무는 단순히
인간과 엘프 간의 교류와 마법 전수에만 있는 것이 아

니었다.

그녀가 가진 엘프의 힘으로 고통에 처한 자와 위험에 빠진 자들을 돕는 수호자 역할 역시도 그녀의 임무였다.

이곳 밴쿠버 해변으로부터 5킬로미터 내의 모든 사람들은 이미 비상 대피령을 통해 빠져나간 상태.

해일의 방향이 밴쿠버를 향한 것은 불행이지만, 이곳에 사는 모두가 피난을 떠날 수 있을 만큼 시간적 여유가 있는 것은 그나마 행운이었다.

인명 피해가 생기지 않을 거란 말을 할 수 있는 것도 그런 이유에서였다.

하지만 이곳은 수많은 사람들이 살아가는 삶의 터전이었다.

만약 이곳에 해일이 들이닥쳐 그것들이 모두 휩쓸어가 버린다면, 돌아올 이들을 누가 반길 것인가.

뿐만 아니라 이곳에는 미처 피난 가지 못한 수많은 생명이 함께하고 있었다.

미리 위험을 알고 의사소통을 통해 피난을 한 인간들은 괜찮지만, 이곳에 남아 있는 수많은 동식물들은 피난이 무엇인지조차 알지 못했다.

교류 엘프인 그녀는 모든 약자의 수호자.

그녀가 지켜야 할 대상이 굳이 인간에 한정되지는 않았다.

그랬기에 그녀는 아무 망설임 없이 이곳에 올 수 있었다.

"조금 물러서 주시겠어요?"

아나피는 자신에게 보고를 하며 가까이 서 있던 요원을 뒤로 물러서게 하곤 곧장 파도가 일렁이는 바다를 향해 걸어갔다.

순간, 나머지 다섯 명의 한국 요원이 그녀를 향해 다가가려 했지만, 그들의 리더이자 조금 전 그녀에게 보고하는 역할을 맡았던 남자가 그들을 제지했다.

촤아아아! 쏴아아아!

거친 파도가 하얀 포말을 일으키며 빠져나가는 그곳을 향해 차분히 걸어가던 그녀는 이내 풀잎을 엮어 만든 신발을 벗고 바다에 발을 담갔다.

참방.

밤바다의 싸늘함이 그녀의 발을 타고 흐르며 온몸 구

석구석에 차가움을 전했다.

그러나 그녀는 전혀 개의치 않았다.

오히려 자신의 발을 휘감았다 흩어지는 파도의 모습을 보며 마치 물장구치듯 한 걸음, 한 걸음 바닷속으로 향했다.

그런 그녀의 뒷모습을 해변에 모인 백여 명의 요원이 지켜보고 있었다.

첨벙첨벙.

몇 걸음 가지도 않은 것 같은데 어느새 물은 그녀의 발목에서 허벅지 부근까지 올라와 있고, 그녀는 높게 올라오는 파도에 치마가 젖을세라 그녀를 위해 특별히 제작된 녹색 빛 치마의 끝단을 잡아 올리며 조용히 바다를 향해 말했다.

"……운다인."

그 간단한 한마디 어디에 그토록 대단한 힘이 숨겨져 있던 것일까?

그녀가 운다인이란 한마디 말을 끝낸 순간, 거칠기만 하던 파도가 그녀의 주변에만 다가오지 못하였다.

그녀가 더 이상 다가오지 않는 파도에 안심하고 치마

를 허벅지까지 내리자 바다에서 작은 포말이 일며 무언
가가 튀어 올랐다.

포로롱!

신비로운 소리와 함께 모습을 드러낸 그것은 바다의
색이라고 하기엔 조금 진한, 검푸른 빛의 소녀였다.

머리부터 발끝까지 같은 색 일색이라 검은 밤바다에
서는 그 모습을 명확하게 보기 어려웠지만, 그 소녀의
모습이 굉장한 미형이라는 것 정도는 달빛에 비친 실루
엣만으로도 충분히 짐작할 수 있었다.

그때, 이를 가만히 지켜보던 뒤쪽의 무리에서 놀랍다
는 듯 한마디 말이 흘러나왔다.

"물의 중급 정령… 운다인……."

말 그대로였다.

아나피가 바닷속에 들어가 소환한 파란 빛의 소녀는
물의 중급 정령인 운다인.

강줄기의 방향을 바꾸고 거대한 호수의 물을 한 손에
들어 올린다는 운다인은 물에 있어서 절대적인 지배력
을 발휘하는 만큼 강력한 우군이 되기에 충분했다.

하지만…….

"한 마리로 괜찮을까?"

"아무리 정령이라지만… 중급이고…….'"

지구에서 마법은 실생활 속에 많이 보급된 것에 비해 굉장히 마이너한 종목의 특기에 속했다.

그리고 정령술과 정령술사, 정령이란 존재는 보급은 커녕 수백, 수천 년의 역사 속에 간혹 한 번 모습을 드러낼 정도로 희귀한 존재였다.

그 역사 자료에 따르면, 정령술사와 정령 모두 강력한 힘을 가진 존재로 나오며, 엘프들에 의해 정령의 체계와 그 힘이 알려진 지금에도 정령술의 강력함은 모두가 인지하고 있었다.

하지만… 인간은 본디 의심이 많은 생물이었다.

직접 두 눈으로 본 적이 없는 정령술의 위력을 맹신하기엔 지금 진행되는 임무에 걸린 것이 너무 컸다.

자그마치 그들의 목숨이 달린 일이었으니 말이다.

그런 이유로 그들이 이토록 불신을 갖고 불안해하는 것을 마냥 비난만 할 수는 없었다.

그리고 불안해하는 그들의 심정을 아나피는 넓은 아량으로 이해해 줬다.

'확실히 운다인 하나라면… 어려울지도 몰라.'

게다가 그녀 역시도 그런 생각을 하고 있었기에 더욱 그러했다.

운다인의 힘은 분명 굉장히 강력하고, 규모가 작은 해일이라면 혼자서 막아낼 정도였기에 그녀는 이번 일에 대해 알게 모르게 꽤나 자신감을 갖고 있던 상태였다.

요원들이 준비한 마법에 대해선 설명을 들었지만, 그게 얼마나 효과를 발휘하는가에 대해선 여전히 미지수였기에 가장 확실한 방법인 운다인을 불러낸 그녀였다.

하지만… 그녀가 물의 정령 운다인을 통해 이 해변을 향해 다가오는 해일의 규모를 탐색한 결과, 더 이상 자만할 수만은 없게 된 것이었다.

이곳을 향해 오는 해일의 크기는 자그마치 30미터.

빌딩 하나가 덮쳐 오는 것과 다를 바 없는 어마어마한 크기였으며, 지구 종말을 표현하는 영화 따위에서나 볼 법한, 말도 안 되는 크기였다.

그녀 나름대로 운다인을 믿고, 자신의 힘을 믿었지만, 그 크기에는 기가 질릴 수밖에 없었다.

'모두 살릴 수 있을까?'

어느새 그녀의 생각은 이곳에 모인 백 명의 인원을 최대한 살리는 데에 가 있었다.

해일을 대비해 3클래스에서 4클래스에 이르는 각국의 정예 요원이 백 명이나 집합해서 특수한 방어 마법을 설치했다곤 하지만, 재앙이라고밖엔 할 수 없는 거대 해일을 막을 수 있을 거라 확신할 수는 없었다.

그렇기에 그녀는 운다인의 힘으로 이들이 헛되이 목숨을 잃지 않게 최대한 보호할 생각이었다.

물론 이들에게 현실을 알려주고 도망치라고 조언할 수도 있겠지만, 이미 해일이 코앞까지 다가온 탓에 안전거리인 수킬로미터를 완전히 벗어나는 건 정말로 텔레포트 마법이 아니면 불가능했다.

그럴 바엔 차라리 지금껏 준비한 방어 마법과 아나피의 정령으로 그들에게 쏟아질 해일의 힘을 최대한 반감시키고, 모두가 쓸려 나가기 전에 마찬가지로 운다인의 힘을 이용해서 모두를 건져 낼 생각이었다.

꽤나 단순 무식하고 섬세함이라곤 없는 작전이지만, 한편으로는 지극히 현실적인 작전이기에 그녀는 더 이상 생각하지 않았다.

지금 그녀가 해야 할 일은 조금이라도 더 정신을 집중하고 마나를 끌어모아 운다인의 힘을 최대로 끌어 올리는 일이었다.

그리고 그때쯤, 아나피의 뒤에서 웅성거림이 느껴졌다.

잠시 정신을 집중하고자 눈을 감고 있던 아나피는 그야말로 거대한 벽이라고밖엔 칭할 길이 없는 초대형 해일이 밀려오는 것을 보며 할 말을 잃었다.

운다인으로부터 그 규모를 전해 듣긴 했지만, 단순히 말로 들어 아는 것과 직접 보는 것에는 엄연히 차이가 있었다.

'살아남을 수 있을까?'

그녀의 머릿속으로 절로 절망이라는 두 글자가 떠올랐다.

그런 느낌은 비단 그녀만의 생각은 아닌 듯 그 거대한 벽이 점점 다가올수록 뒤쪽의 웅성거림은 커져만 갔다.

눈을 질끈 감은 그녀가 몰려오는 해일의 묵직한 소리

를 뚫고도 선명히 들릴 만큼 커다란 목소리로 그들에게 외쳤다.

"전부 위치로! 막지 못하면 모두 죽을 수밖에 없습니다!"

퍼뜩!

그제야 현실을 파악한 요원 모두가 각자 준비해 뒀던 위치에 정렬했다.

개중에는 평범한 인간으로선 대적조차 하지 못할 자연의 어마어마한 위용에 벌써부터 손과 다리를 떨며 긴장하는 인물들도 있었다.

하지만 그런 모습을 지적하는 사람은 아무도 없었다.

그들 역시도 난생처음 겪어보는 미지에 대한 공포에 겉으로 드러내지만 않았을 뿐, 다를 바 없는 상태였으니 말이다.

그리고 그런 상태는 아나피도 마찬가지였다.

물의 정령을 통해 누구보다 먼저 상세히 해일의 상태를 알 수 있던 아나피였다.

그녀는 절망 속에서도 희망을 잃지 않고자 운다인을

통해 몰려오는 해일 속에서 허술한 부분을 찾으라는 명령을 내렸다.

하지만 운다인에게 부탁을 함과 동시에 불가능하다는 답변을 들은 그녀였다.

운다인이 판단하기에 거대 해일에 빈틈은 없다는 의미였다.

그렇기에 누구보다 가장 먼저 절망에 빠진 그녀였고, 불안에 떠는 그녀였다.

특히나 곧 백여 명의 마법사에 의해 세워질 마법 장벽을 강화해 버티기 위해서는 그녀는 운다인과 함께 최전방, 장벽에 딱 붙어 있어야만 했다.

밤바다의 어둠에 가려 잘 보이지는 않지만, 그녀의 두 눈은 불안으로 떨리고 있었다.

그녀의 가냘픈 두 손이 저도 모르게 가슴을 꾹 눌렀다.

터질 듯 두근거리는 심장을 조금이라도 진정시키기 위함이었다.

하지만 그런 그녀의 손에 만져지는 건 심장의 강한 심박이 아니라 무언가 단단한 쇠붙이였다.

그녀는 이런 와중에도 자신이 모르는 것이 품에 있다는 생각에 놀라 가슴께를 더듬어 정체불명의 얇다란 쇠판을 꺼내 들었다.

그 판을 구름이 끼기 시작한 달빛에 비춰본 후에야 아나피는 알겠다는 듯 '앗' 소리를 내며 눈을 동그랗게 떴다.

그때, 그녀가 들고 있는 판으로부터 신비롭고 상쾌한 기운이 흘러나오며 불안에 떨던 그녀의 가슴을 진정시키고 마음을 안정시켰다.

'현우 님…….'

오늘 낮, 진짜 현우가 마나를 빨아들이는 바람에 일시적으로 아티팩트의 마나가 고갈되며 기능이 정지되었던 것이, 마치 기적처럼 그녀가 가장 힘들고 불안한 순간에 제 기능을 찾은 것이었다.

이 기적 같은 일을 직접 겪고 나자 불안만 가득하던 그녀의 가슴에 그야말로 근거 없는 자신감이 차오르기 시작했다.

어쩌면 막아낼 수 있을지도 모른다는… 그리고 모두가 살아남을 수도 있을 거란, 그런 알 수 없는 자신감이었다.

그녀는 싱그러운 표정을 지으며 맑은 목소리로 불안에 떠는 사람들을 향해 외쳤다.

"우리 모두 힘내요! 아자! 아자!"

이제 와 그런 말 한마디가 전세를 뒤집을 수는 없을 것이다.

고작해야 말 한마디가 얼마나 힘이 될 것이며, 죽음이 코앞에 다가온 이를 어찌 위로할 수 있다는 말인가.

하지만 세상엔 그런 게 가능한 존재가 있었다.

엘프의 목소리는 산새의 지저귐과 닮아서 듣는 이의 마음을 편안하게 해준다는 것을 이곳에 있는 사람들은 알까?

그녀의 귀여운 응원에 불안감에 다리를 떨던 사람은 다리를, 손을 떨던 사람은 손을, 그리고 금방이라도 튀어나올 것 같은 심장을 부여잡고 있던 사람은 거칠게 뛰던 심장을 본래의 상태로 되돌렸다.

비록 그녀의 목소리가 그들에게 말도 안 되는 자신감을 심어주거나 하진 않았지만, 그들 모두가 더 이상 긴장하지 않고 마법을 펼칠 수 있을 정도의 수준으로 회복될 수는 있었다.

모두의 표정이 한결 나아진 것을 확인한 아나피는 그야말로 코앞까지 다가온 해일을 보며 명령했다.

"대해일 방벽 전개!"

부오오오오옹!

쿠구구구구구!

그녀의 목소리가 낭랑하게 울려 퍼지기 무섭게 각자의 위치에서 가진바 마나를 몽땅 쏟아붓기 시작한 요원들의 앞으로 은은한 노란빛의 거대한 벽이 솟구쳐 오르기 시작했다.

그것은 정확히 아나피의 앞에 솟아올랐고, 높이는 아슬아슬하게 해일에 못 미치는 높이였으며, 그 두께는 수백 년 묵은 나무의 몸통만큼이나 두터웠다.

그렇게 비주얼만으로도 강력한 방벽이기에 조금 더 밝은 표정이 된 사람들.

하지만 그들의 똑똑한 머리가 빠르게 방벽의 성공을 점치기 시작했고, 이내 그들의 얼굴 위로 절망과 포기의 기운을 담은 씁쓸한 미소가 떠올랐다.

본래 그들의 계획은 방벽을 완만한 곡선을 그리도록 굽혀 만들어서 밀려오는 해일의 힘을 분산시키고, 또한 마법 장벽에 직격으로 위력이 전해지지 않게 하는 방법을 구상해 두었다.

하지만 지금 이 상황은 그런 작전 자체가 불가능했다.

해일의 크기를 얕잡아 본 탓에 준비한 방벽은 뒤로 굽히기는커녕 최대로 세워도 몰려온 해일보다 그 크기가 조금 작았다.

만약 지금 상태로 처음 세운 작전대로 실행한다면, 부딪치는 순간 해일의 무게에 단숨에 방벽이 무너져 내릴 터였다.

그리고 그 밑에 있을 아나피를 비롯한 마법사들은 다음을 생각할 필요조차도 없으리라.

아나피는 생각보다 모자란 장벽의 길이에 아쉬워하는 한편, 최선을 다할 생각으로 미리 소환해 둔 운다인을 방벽의 외부에 덧씌웠다.

운다인의 물 조종 능력이 이만한 해일을 무효화시킬 만큼 강력하진 못하지만, 물이 다가오는 속도를 일부

조종하여 충돌 시 위력을 반감시키는 역할 정도는 할 수 있었다.

하지만 문제는……

'방벽도… 해일도… 너무 커!'

운다인은 열심히 노력하고 있지만 해일에 영향력을 행사하기 위해서는 어느 정도 부피를 유지해야 하는 바, 최대로 잡아 늘려 운다인을 장벽에 코팅한다면 이는 오히려 안 하니만 못한 결과가 될 터였다.

'결국 운다인의 사용 범위를 최소화하는 수밖엔……'

교류 엘프, 약자들의 수호자로서 당당히 찾아왔던 그녀지만, 이제 그녀가 할 수 있는 최선의 선택은 그 정도가 다였다.

심지어 그렇게 한다고 하더라도 그녀 자신을 포함해 몇 명이나 이곳에서 살아 돌아갈 수 있을지 미지수였다.

바로 그 순간, 그녀에게 다시금 기적 같은 일이 벌어졌다.

부오오옹!

마치 핸드폰의 진동 소리와도 같은 진동음이 해일이 몰려오는 무시무시한 상황에서도 선명하게 들려왔다.

그녀의 품 안에서 상큼한 공기를 전해 주던 아티팩트의 또 다른 기능이 시간이 지남에 따라 부활한 것이었다.

슈오오오옥!

아티팩트는 정지되어 있는 동안 하지 못한 일을 한번에 하기라도 하듯, 혹은 여전히 완전히 제 기능을 찾지 못한 스스로의 몸에 활력을 부여하기라도 하는 듯 게걸스럽게 주변의 마나를 빨아들였다.

그 흡수 속도가 얼마나 대단한지, 아주 잠시이긴 하지만 그녀의 가슴 앞으로 작은 돌개바람이 일어날 정도였다.

그리고 그렇게 빨려 들어간 마나는 아티팩트에 내장된 수식과 새겨진 마법의 약속에 따라 정순하게 정제되어 현대의 도시에선 절대로 찾아볼 수 없는, 가장 순도 높은 마나로 재탄생하였다.

"흡!"

갑작스레 코를 타고 들어와 시원하게 뇌를 일깨우는

정순한 마나에 그녀는 이 급박한 상황에서 저도 모르게 헤벌레, 풀린 표정을 지었다.

사실 이는 마나를 다루는 사람이라면 누구라도 그럴 법했다.

세상의 마나는 굳이 이곳 지구의 현대 사회가 아니더라도 어떤 식으로든 오염이 되어 있기 마련이었다.

그렇기 때문에 저쪽 세상의 마탑은 상대적으로 오염이 덜한 숲 속이나 깊은 산중 같은 곳에 있었고, 그런 여건이 안 될 경우에는 탑의 높이를 최대한 올려 높은 고도의 순수한 마나를 기반으로 수련을 쌓았다.

이곳 지구보다 훨씬 더 높은 수준의 마법을 체계화한 그들이 그런 선택을 한 데는 다 이유가 있었다.

마나의 오염도는 곧 마법의 질을, 그 위력을 결정하는 가장 큰 요소 중 하나이기 때문이었다.

오염으로 인해 불순물이 섞인 마나는 마법으로 변함에 있어 오염부와 함께 마나가 소실되어 그 효율이 떨어질 수밖에 없고, 반대로 순수한 마나는 오염 부분의 소실이 없으니 모두 마법이 되어 그만큼 위력이 오르는 것이었다.

그렇기에 고클래스 마법사들과 그들이 만든 마법들은 대개 자체 수식에 마나의 정화와 관련한 수식을 포함하고 있는 경우가 많았다.

인공적인 정화 수식인 만큼 완전하진 못하지만, 그것만으로도 마법의 위력을 높이기 위해 마나를 추가하는 것보다 더 적은 마나 소모로 큰 위력을 만들어낼 수 있기 때문이었다.

그렇기에 마법사에게 있어 정순한 마나란 중요한 요소 중 하나였고, 그 순도가 높으면 높을수록 단순 마법의 위력뿐 아니라 마법사의 정신을 맑게 해주는 효과가 강해졌기에 그들에게 있어서는 마약과도 같았다.

그리고 지금 아나피가 아티팩트를 통해 주입 받은 마나는 교류 엘프로 뽑혀 숲을 나오기 전, 숲과 결계가 공급하던 마나보다도 그 순도가 훨씬 높았다.

물론 아나피는 이 아티팩트를 전부터 걸고 다니면서 이미 효과를 체감하고 있었지만, 오늘 깨어났을 때만 해도 순도 높은 마나는 완전히 소진되어 있었다.

그간의 뛰어난 효과에 매료되어 있던 그녀는 아티팩트가 망가졌다고 생각했기에 다시는 이런 순도 높은 마나를 경험하기 힘들 거라고 생각했다.

물론 제작자인 현우에게 고쳐 달라고 부탁하는 방법도 있지만, 선물로 받은 지 얼마 되지 않아 벌써 고장이 났다고 들고 가는 것은 누가 뭐래도 어려운 일이었다.

게다가 그게 왜 고장 났는지 모른다면 더더욱 그랬다.

'그러고 보니 오늘 자고 일어났더니 아티팩트가 안 움직였지…….'

그녀는 자신이 투명화 마법을 몸에 건 채 현우 옆에서 깨어난 것에 대해 당황하고 놀랐지만, 그 직후 해일과 관련한 임무를 맡았기에 어떻게 된 일인지 확인할 겨를도 없이 이곳으로 달려왔다.

그때, 얼마나 마음이 급했는지 아티팩트가 고장 난 것도 이곳에 오는 비행기 속에서 깨달을 수 있었다.

현우로부터 선물 받은 소중한 물건이 고장 났다는 사실에 현재 맡은 해일 저지 임무의 심각성에 대해 걱정하면서도 또 다른 한편으론 얼마나 속상해했단 말인가.

그런데 다행히도 아티팩트 구동에 필요한 마나가 없었을 탓이란 것에 그녀는 현재 처한 상황과 관계없이 안도했다.

그렇게 순도 높은 마나를 받아들여 조금 더 강력한 힘을 부여할 수 있게 된 아나피가 운다인에게 힘을 더하려는 그때, 아티팩트로부터 울컥, 강대한 마나가 봇물 터지듯 밀려 들어왔다.

"어… 어어?"

마법을 시전하는 중에 정신 집중이 깨어지는 게 얼마나 위험한 일이던가.

물론 정령술은 정령 스스로도 생각을 하고 행동을 하기에 그 위험성이 덜하긴 하지만, 그녀는 지금 위험에 대항하고자 사력을 다하는 중이었다.

그런 와중에 집중을 깨버렸으니 아티팩트에서 쏟아져 나오는 마나가 얼마나 대단한 양이었는지 짐작하기도 힘들었다.

'어, 어떡하지?'

그녀로선 난생처음 겪어보는 상황.

그리고 꿈에도 생각 못했을 만큼 거대한 마나에 당황

할 수밖에 없었다.

그녀가 운다인과 연결된 끈을 통해 마나를 보내 소모하는 데는 한계가 있었다.

텅 비어가던 그녀의 몸에 단숨에 마나를 채워 넣고도 모자라다는 듯이 끝도 없이 밀려드는 마나의 세례.

빨리 소모를 해주지 않으면 그녀의 몸이 빵 터지기라도 할 듯 마나는 무서울 정도로 쏟아져 들어왔다.

'가능할까……?'

삽시간에 그녀가 가진 마나 저장량의 한계를 가르쳐주는 아티팩트의 힘에 그녀는 고민할 겨를도 없이 허공을 향해 크게 외쳤다.

"운다인!"

포롱—!

포로롱!

그 순간, 그토록 무섭게 다가오던 해일 한복판에서 아나피가 소환해 둔 운다인 외에 추가로 운다인이 둘이나 더 소환되었다.

처음 운다인을 소환할 때 그녀의 마나 대부분을 소모해야 했던 것을 생각해 보면 지금 그녀가 가진 마나의 양이 얼마나 말도 안 되는 것인지 알 수 있었다.

잠시간 몸이 텅 비어버리는 듯한 기분에 현기증을 느끼던 아나피는 자신의 눈앞에서 손을 맞잡고 해일을 밀어내고자 하는 세 운다인을 보면서 눈을 동그랗게 떴다.

그녀로서도 설마하니 둘이나 소환될 줄은 몰랐던 탓이다.

무엇보다…….

'내가 운다인을 셋이나 유지할 수 있다고?'

그녀가 말하는 유지의 의미는 마나 소모량을 말하는 것만은 아니었다.

분명 운다인이 셋이나 있다면 소모되는 마나가 적지 않을 테지만, 현기증을 느낄 만큼 마나를 소모했음에도 유지에 사용되는 마나보다 회복되는 게 압도적으로 많은지라 이는 전혀 문제가 되지 않았다.

그렇기에 그녀가 말하는 것은 정신력과 관련된 문제였다.

정령이란 존재는 자연, 그 자체와도 같았다.

그만큼 순수하고 맑아 보통의 존재라면 그들을 인식

하고 가까이하는 것만으로도 두통을 느낄 만큼 순도가
높았다.

마치 너무도 맑은 물엔 물고기가 살지 않는 것처럼
정령이란 존재는 자연 외적인 것을 거부하는 존재였
다.

하지만 엘프라는 종족은 여신의 축복 속에 만들어져
이 세상 그 어떤 생명체보다도 자연에 가까운 존재였
다. 그렇기 때문에 정령을 다룰 수 있는 것이기도 했
다.

그러나 그런 엘프라 해도 보통의 하급 정령보다도 한
층 그 순도가 높은 중급 정령을 둘씩이나 소환하는 것
은 불가능했다.

엘프가 아무리 대단한 종족이고 그 본질이 자연에 가
깝다고 한들 생명체와 순수한 자연이 가지는 괴리감은
굉장히 크기 때문이었다.

그런데 지금, 그런 순수한 자연의 존재를 아나피는
자그마치 셋이나 동시에 소환하고 있었다.

"이게 대체……."

게다가 그런 존재 셋이 한자리에 모이자 그 힘이 어

찌나 대단한지, 당장에라도 장벽을 덮칠 것만 같던 해일의 속도가 눈에 띄게 줄어 있었다.

물론 여전히 위협적인 속도로 다가오는 중이지만, 막는 게 절대 불가능할 것만 같던 분위기 속에서 한 줌의 희망이 보이자 절로 환호가 튀어나왔다.

해일 앞에 선 자그마한 소녀들은 마치 하늘이 내린 성녀처럼 보였다.

"대단해!"

그리고 이 모습을 지켜본 뒤의 마법사들이 그 엄청난 광경에 두 눈을 크게 뜨는 한편, 먼저 정신을 차린 냉철한 몇몇 마법사들이 장벽을 유지 중인 마법사들에게 재빨리 말을 전했다.

"가능성이 보인다! 장벽을 넓게! 그리고 더 멀리 쳐라!"

그 말을 들은 백여 명의 마법사들이 아나피를 중심으로 크게 좌우로 물러서며 해변의 2/3가량에 걸쳐 훨씬 넓게 퍼져나갔다.

주우우욱!

그러자 곧 가장 끝에 선 마법사들의 움직임을 따라

장벽이 양옆으로 그 범위를 넓혀가기 시작했다.

그에 따라 장벽에서 흐르던 은은한 빛은 굉장히 옅어졌지만, 덕분에 보다 더 넓은 범위를 보호할 수 있게 되었다.

그리고…….

"밀어내!"

"흐아아아압!"

쿠구구… 쿠구구구구그그극…….

몇몇 마법사들의 기합 소리와 함께 잠시 본래의 빛깔을 되찾은 장벽은 조금씩, 조금씩 앞으로 전진하며 해변으로부터 멀어져 갔다.

사실 이러한 작전은 해일의 규모가 예상보다 작을 경우를 상정한 것이었다.

기존에 펼친 마법 장벽은 사실 각종 주요 시설 등이 밀집한 지역을 보호하기 위해 선정된 위치에 미리 계산해 둔 크기로 펼친 것이었다.

하지만 그 규모가 작아서 더 약한 장벽으로 해일을 막는 게 가능하다고 판단되면 미리 이렇게 하기로 백인의 마법사들은 미리 준비해 뒀던 것이다.

처음 30미터를 넘나드는 해일의 크기를 보았을 때, 이런 게 가능할 거라곤 생각지도 못한 그들이지만, 운다인 셋이 해일을 막고 있는 지금 상황에서는 해일이 속도와 크기도 현저히 줄어 있었기에 이런 작전을 실행할 수 있었다.

물론 여전히 근 20미터에 가까운 거대 해일이지만, 사실 그 크기야말로 애당초 마법사들이 준비하고 예상해 둔 크기였다.

그렇기에 자신감을 가질 수 있었고, 아직도 힘을 쓰고 있는 세 운다인이 있다면 20미터짜리라도 충분히 넓은 범위를 보호할 수 있다는 생각에 그들 모두가 재빨리 작전을 변경한 것이었다.

"좋아! 운다인, 그대로 해일을 더 줄여줘!"

어느새 급격하게 줄어들어 버린 아나피는 신난 표정으로 말했다가 이내 당혹감이 가득한 목소리를 내었다.

"어?"

쭈우우우욱.

마치 빨대를 꽂은 음료수를 한 모금 크게 빨아들인 것과 같달까?

아나피는 급격하게 줄어드는 자신의 마나를 느낄 수 있었다.

'서, 설마……!'

그녀는 차마 믿기 싫었지만… 그건 현실이었다.

어느새 아티팩트의 급속 마나 회복은 그 효과가 끝나가는지 운다인 셋의 유지 마나를 감당하지 못하고 점차로 줄어들어 갔다.

'어, 어떡하지?'

물론 지금의 크기라면 마법사들의 장벽만으로도 충분히 막는 게 가능하겠지만… 그건 장벽이 넓어지기 이전의 이야기였다.

마르지 않는 샘물처럼 끝도 없이 솟아나는 마나에 도취되어 마법사들이 장벽을 넓히는 것을 보고도 말리지 않은 게 문제였다.

그녀의 운다인을 철석같이 믿고 단숨에 장벽을 늘린 마법사들의 힘으론 아직 저 커다란 해일을 막는 게 불가능했다.

게다가 이미 넓게 퍼진 마법사들을 불러 모으는 것은 더욱 힘들었다.

'설마 이렇게… 죽는 건가?'

운다인이 셋이나 되기 때문일까, 어느새 회복이 전혀 없는 상황에서 소모량만이 기하급수적으로 늘어나 단 몇 초 만에 그녀의 몸은 마치 마나를 빨렸을 때처럼 말라 버렸다.

자만에 빠져 벌인 실수가 죽음으로 이어지게 되자 너무나 허탈해 헛웃음이 나왔다.

어느새 그녀의 눈앞을 굳건히 지키고 섰던 세 운다인은 선명한 푸른빛이 사라지고, 간신히 물 덩이의 형체만을 유지하고 있었다.

그리고 뒤에서 이를 지켜보던 이들도 무언가 잘못되었음을 느낄 때였다.

'현우 님… 보고 싶어요.'

갑자기 왜 하필 현우가 떠오른 것일까?

그녀는 그런 궁금증을 차마 내뱉을 수조차 없었다.

파창!

쿠과과과과과과곽!!

그녀의 눈앞으로 깨져 가는 마나의 장벽과 바닷물이 쏟아져 내렸다.

　　　　＊　　　　　＊　　　　　＊

　"흠, 재밌군."

　아나피와 마법사들이 필사적으로 장벽을 펼칠 무렵.

　이 해일을 만든 장본인, 마탑의 탑주는 그들의 시야
가 미치지 않는 허공에서 그들이 하는 모습을 지켜보고
있었다.

　마법의 장벽으로 주요 시설을 지키겠다는 그들의 시
도는 썩 나쁜 아이디어는 아니었지만, 몰려오는 해일의
규모를 확실히 알고 있던 탑주에겐 터무니없는 시도에
불과했다.

　물론 물의 중급 정령인 운다인이 있고 그 힘이 강대
하다곤 하지만, 당장 탑주에게 운다인 하나를 던져 주
고 저런 규모의 해일을 막으라고 한다면 고개를 내저을
것이다.

　그런데 그때였다.

　운다인을 유지하고 있던 교류 엘프의 앞으로 두 마리
의 운다인이 더 나타난 것은.

그 모습에 탑주는 눈을 크게 떴고, 급격히 오르락내리락을 반복하는 그녀의 마나 수치를 보며 그 힘의 근원이 되는 아티팩트를 보았다.

"호오, 이 세상에 저만한 아티팩트를 만들 수 있는 인물이 있다는 말인가?"

아티팩트에 걸린 마법은 엄청나다 할 만한 것은 아니지만 모두가 꼼꼼한 수작들이었고, 단 하나의 아티팩트에 담긴 여러 개의 마법이 하나처럼 연계되어 유기적으로 움직이는 모습이 아주 인상 깊었다.

"게다가 오리지널 마법인 것 같은데."

아티팩트에 담긴 마법들은 전부 현우가 직접 발명하고 개량한 보조 마법들로, 엘프인 아나피에게 최적화된 것만을 넣어 설계한 것이었다.

그리고 엘프를 위한 마법은 이 세상엔 나타난 바 없었다는 점을 고려하면 당연히 누군가의 오리지널 마법일 수밖에 없었다.

'엘프 족에게 우리가 파악 못한 마법사가 있는 건가?'

폐쇄적인 엘프의 특성상 그들의 힘을 세세히 알지는

못하지만, 탑주는 자신이 가진 힘으로 몇 번이고 몰래 그들의 마을에 침입해 정보를 캐오곤 했다.

그랬기에 엘프 족의 주요 마법사들에 대해서도 잘 알고 있었다.

하지만 그들 중 어느 누구도 저런 아티팩트를 만들 줄 아는 인물은 없었다.

'저것 역시 엘프 족의 유물인가?'

엘프가 이 세상에 넘어왔을 당시. 저쪽 세상엔 있되, 이 세상엔 존재하지 않는 기술로 만들어진 몇 가지 아티팩트는 이곳 세상에서 고대의 유물이라는 설정이 되어버렸다.

그중 한 가지가 바로 아나피가 지니고 있는 완전한 영구 통역 마법이 걸린 귀걸이였다.

'흠, 꽤 욕심이 나는 물건이군.'

물론 그녀가 지금 겪고 있는 현상이 그녀의 목에 걸린 아티팩트에서 기인한 것이긴 하지만, 그것은 탑주가 보기에 정상적인 작동이 아닌 듯했다.

아마도 어떤 우연 속에서 저런 비정상적인 기능을 하게 된 것 같은데, 만약 그 알고리즘을 풀어낸다면 인위적으로 저런 효과를 만들어내는 것도 얼마든지 가능할 듯싶었다.

"음… 어떻게 할까?"

가장 쉬운 방법은 그녀를 죽이고 빼앗는 방법이었다.

하지만 원대한 계획의 첫걸음을 시작한 지금, 어떤 변수가 되어 어떻게 이용할 수 있을지 모를 교류 엘프를 죽이는 것은 아무리 갖고 싶은 게 있다고 해도 꺼려질 수밖에 없었다.

'일단은 살려둘까?'

탑주는 사실 처음부터 예상하고 있었다, 그들이 저 해일을 막을 수 없다는 것을.

아나피 본인은 갑작스런 힘에 취해 아티팩트의 상황을 모르고 있지만, 오류로 인해 과부화된 아티팩트는 점차로 그 힘을 잃어가는 중이었다.

아마도 얼마 안 가 힘을 잃을 게 뻔했다.

거기에 정령들의 강력한 힘을 보며 들떠 있는 나머지 마법사들도 마찬가지였다.

마법사가 냉정을 잃고 저런 것에 일희일비하며 즉흥적으로 계획을 바꾸는 모습을 보며 혀를 차던 탑주였다.

"그래, 뭐… 오늘만 기회인 것도 아니니까… 다음번에 '순직' 시켜 주지 뭐."

그렇게 말한 탑주는 이내 아나피를 포함한 마법사들의 머리를 덮쳐 가는 거대한 파도를 향해 가볍게 손짓했다.

그러곤 자신이 한 일의 결과도 확인하지 않고 곧장 몸을 돌렸다.

어두운 밤하늘에 잠시 잠깐 밝은 빛이 비췄다 사라졌다.

*　　　　*　　　　*

"……푸하!"

마나의 고갈로 인한 피로와, 강력한 물살에 휩쓸려 잠시 잠깐 정신을 잃었던 아나피는 고개를 처박고 있던 해변에서 머리를 뽑아내며 크게 숨을 들이쉬었다.

"살아… 있는 건가?"

살아 있는 게 너무도 신기하다는 듯, 혹시 죽었는데

착각하는 것은 아닐까 시험이라도 해보는 듯 여기저기 만져 보고 몸을 꼬집던 아나피는 이내 자신 주변에 이리저리 널브러진 채 신음하는 다른 마법사들을 보고 정신을 차렸다.

"괜찮으세요?"

"으… 으으……"

아나피가 그랬던 것처럼 바닥에 박고 있던 마법사의 머리를 파낸 아나피가 안부를 묻자 마법사가 신음하는 와중에도 물어왔다.

"도… 도시는 어떻게……."

"……."

아나피는 차마 말을 할 수 없었다.

비록 자신이나 눈앞의 마법사도 어찌 겨우 살아남고, 상당히 많은 나머지 마법사들이 해일에 휩쓸려 가지 않고 남아 있긴 했지만… 자그마치 20미터에 가까운 크기를 자랑하던 거대 해일이었다.

그만한 파도가 휩쓸고 갔는데 무사한 곳이 있을 리 없었다.

아나피는 참상으로부터 눈을 돌리고자 했지만, 눈에

들어간 모래 탓에 눈물을 줄줄 흘리면서도 꿈뻑꿈뻑 자신이 지키고자 했던 곳을 바라보는 마법사를 보며 그에게 현실을 알려줄 요량으로 그를 대신해 시선을 돌려 도시 쪽을 봤다.

그런데…….

"세, 세상에……."

해일이 오긴 왔던 것일까?

아나피의 시선이 닿은 곳엔 변한 것 없이 그 모습 그대로 불이 꺼진 고요한 도시가 있을 뿐이었다.

"어떻게 저럴 수가……."

황망하게 혼잣말을 중얼거리는 아나피의 목소리에 계속 눈을 뜨고자 노력하던 마법사가 간신히 눈에 들어간 모래를 빼내고 도시 쪽을 향했다.

"……."

그러곤 곧 자신의 얼굴을 꼬집으며 꿈이 아닌지 확인하기 시작했다.

이런 모습은 비단 아나피와 그 마법사만 보여주는 모습은 아니었다.

도대체 그 엄청난 해일 속에서 어떻게 살아남은 것

일까?

부스스 모래를 쏟아내며 여기저기서 털고 일어나는 마법사들은 자신들이 지키고자 했던 도시의 처참한 잔해를 눈에 담고자 도시를 향해 고개를 돌렸다.

그러다가 모두들 그 자리에서 각자의 방법으로 지금 꿈은 아닌지, 혹은 사후 세계가 아닌지 확인하기 시작했다.

그렇게 100인의 마법사 모두가 현실이란 것을 깨닫기 시작할 무렵, 그들 중 한 명이 소리 높여 외쳤다.

"해냈다!"

"……해냈다!"

"우리가 해냈다!"

그 외침은 금방 모두에게 전염되어 각자 주변에 있는 사람들을 끌어안고 환호하기 시작했다.

그 순간, 그들 사이엔 국가도, 인종도, 언어도… 어떤 차이도 없었다.

그들 모두는 인간으로서 서로가 살아 있음에 순수하게 기뻐했고, 불가능과 죽음을 떠올리던 순간을 버텨내고 생존에 이른 것에 즐거워했다.

물론 그런 엄청난 해일을 도대체 무슨 수로 막아낼 수 있었는가에 대해 의문이 들지 않는 것은 아니었지만, 지금 이 순간만큼은 기뻐하기에도 시간이 모자랐다.

이곳에 모인 이들 중 유일하게 인간이 아닌 아나피도 상황은 마찬가지였다.

다른 마법사들처럼 서로 얼싸안고 기뻐하는 것은 아니지만, 자신의 노력의 결실을 보며 미소 짓고 한줄기 기쁨의 눈물을 흘렸다.

그런 그녀의 모습을 보며 호탕하게 웃는 사람들의 반응에 아나피는 붉어진 얼굴을 감추고자 살짝 고개를 떨궜다.

그러자 여태 잊고 있던 오늘의 일등 공신이 눈에 들어왔다.

꼬옥.

"이젠… 정말 망가져 버렸네."

아나피는 아티팩트를 장식하던 문양들이 그을음과 어그러짐으로 보기 흉하게 변한 것을 보며 조용히 끌어당겨 입을 맞췄다.

비록 무생물이지만 이 아티팩트가 존재했기에 이런 결과가 있었다고 생각하는 그녀 나름의 예우였다.

더 이상 기능을 하지 않는 탓에 본래의 청량한 공기 대신 쇠 특유의 비린내를 담은 싸한 공기가 그녀의 코를 괴롭혔다.

하지만 지금 이 순간은 그마저도 좋았다.

그날 백 명의 마법사와 한 명의 엘프는 일이 성공했음을 알림과 동시에 전력을 복구한 도시에서 가장 좋은 호텔의 첫 손님이 되어 편안한 잠을 잘 수 있었다.

4.
동상이몽

"7클래스…라고?"

이 세상에 7클래스 마법사가 있었다는 사실을 들은 현우는 온몸을 움츠러들게 만드는 한기에도 꿈쩍 않고 그 자리에 못 박힌 듯 서 있었다.

'그럴 수가…….'

현우 스스로도 7클래스의 위치에 올라봤기에 그 힘이 얼마나 대단한 것인지 잘 알고 있었다.

또한 같은 이유로 그곳에 도달하기가 얼마나 힘든지 잘 알고 있었다.

하지만 마법이 있는 이상 어디에고 특출한 천재는 있기 마련.

아무리 마법이 약세인 곳이라 해도 그만한 경지에 이른 사람이 있으리란 것 정도는 현우도 잘 알고 있었다.

또한 확답을 들은 것은 처음이지만, 여태껏 의심하던 부탑주였기에 그가 7클래스라는 것이 그리 놀랍지는 않았다.

7클래스 마법사가 여럿 있다는 것, 부탑주가 7클래스라는 것.

하지만 그런 것보다 더 충격적인 것은 그런 인물이 현우의 근처에 '있었을지도 모른다'는 것이었다.

그가 아는 7클래스 마법사의 능력이라면⋯ 조금만 주의 깊게 살펴봤어도 현우의 상태나 비정상적인 마법의 사용 등을 얼마든지 포착했을 터다.

그리고 이는 곧 현우의 비밀이 드러날지 모른다는 것과 같은 의미이기도 했다.

다른 세상으로부터 온, 이 세상엔 존재하지 않는 언령 마법이란 걸 갈고닦은 대언령사.

힘을 잃은 지금이라면 신변이 위험할 수밖에 없었
다.

물론 이 모든 것은 그 마법사가 현우의 상태가 이상
할 때 근처에 있었을 것, 부탑주가 말했던 것처럼 정
말 7클래스일 것, 마지막으로 진짜 실존하는 인물일
것이란 가정이 몽땅 진짜여야만 가능한 내용이지만,
아무리 그렇다 하더라도 현우로서는 믿지 않을 수 없
었다.

누가 뭐래도 7클래스의 대마법사인 부탑주가 직접
언급한 내용이 아니던가.

그만한 사람이 현우 자신을 상대로 그런 거짓말을 할
이유가 없었다.

게다가 부탑주는 오늘 마나를 빼앗긴 현우의 지인들
을 치료―물론 본인을 위해서이기도 하지만―하고 현
우를 위해서 다른 이들의 기억을 조작해 주기까지 했
다.

그만큼이나 호의를 가진 인물이 이제 와 자신에게 그
런 거짓말을 할 이유가 없었다.

무엇보다 마법사에게 거짓말이란 인간인 이상 언제

나 품고 있는 가장 치명적인 독이 아니던가.

그러니 부탑주의 말을 믿을 수밖에…….

"으음… 으으으음……."

그리하여 현우의 머릿속에 부탑주가 아닌 또 다른 미지의 대마법사가 적으로 등장했다.

결과적으로 부탑주를 만나 고민하고 있던 문제에 대한 대답을 얻긴 했지만, 덕분에 새로운 문제를 떠안은 현우였다.

그것도 이번엔 굉장히 치명적인 문제였다.

병실에 돌아오자마자 정신 사납게 떠들고 있는 여자들을 몽땅 내보낸 후 현우는 베개 속으로 머리를 파묻었다.

미지의 위험에 대해 답답한 한숨을 푹푹 내쉬면서 말이다.

그렇게 서로에 대해 너무 믿음이 강한 현우와 부탑주, 두 사람이 사이좋게 고민으로 밤을 지새웠다.

다음 날 아침.

새벽 내내 이어진 고민 속에서 비로소 고단함을 느끼

며 잠에 든 현우는 어젯밤과 마찬가지로 시끄러운 텔레
비전 소리에 눈을 떴다.

하지만 이번에 들리는 소리는 아나운서나 리포터의
목소리가 아니었다.

[저는 해야 할 일을 했을 뿐입니다.]

차분하고 아름다운 목소리가 텔레비전에서 흘러나왔
고, 그 앞에 옹기종기 모여 시청하던 현우의 친구, 여
동생, 여동생 친구의 탄성이 흘러나왔다.

"화아! 학교에 있을 때랑은 진짜 분위기가 완전 다르
네?"

"엣? 그래? 내가 보기엔 평소랑 비슷한데?"

"으… 아냐피…… 화면으로 보니까 더 예뻐 보인
다."

아마도 지금 텔레비전을 통해 그녀의 인터뷰 모습을
지켜보는 사람이라면 대부분 공통된 반응을 보이고 있
을 터였다.

실제 생방송으로 보이는 그녀의 얼굴에는 진심에서
우러나온 기분 좋은 미소와 함께 남녀노소 누구나 보는
사람 모두를 매료시키는 환상적인 아름다움이 녹아 있

었으니 말이다.

그때, 그런 여자들 사이로 불쑥 현우의 머리가 들어왔다.

쑤욱!

"뭘 보는 거지?"

"꺄아악!"

"깜짝이야! 오빠! 기척 좀 내고 다녀!"

"안녕히 주무셨어요."

'여긴 내 병실이라고.'

마음과 같아선 새벽에 간신히 잠들었는데 니들 때문에 깼다고 쏘아붙이고 싶은 심정이었다.

하지만 어제 자신이 저지른 일도 있거니와, 찔리는 게 많은 처지인지라 차마 그러지는 못하고 말을 돌리는 현우였다.

"그래서 뭘 보고 있는 거지?"

"응? 아, 어제 아나피도 병원에 왔던 건 알지?"

끄덕.

부탑주가 정확히 어떻게 기억 조작을 했는지 알 길이 없는 현우였기에 조용히 고개만을 끄덕였다.

"갑자기 없어져서 걱정했는데, 알고 보니 어제저녁부터 계속 뉴스에 나오던 태평양 해저화산 폭발 때문에 토론토에 갔다더라고."

무언가 많이 생략된 이성희의 설명에 고개를 갸웃거린 현우가 다시 물었다.

"……그게 아나피와는 무슨 상관인 거지?"

"아이참, 오빠도! 아나피는 교류 엘프잖아요! 원래 저런 재해 현장 같은 곳에서 마법도 쓰고 사람들 일 도우러도 가고 그러는걸요."

"흠… 그랬었지."

불쑥 끼어들어 설명하는 서보람을 보며 고개를 끄덕여 보인 현우는 그제야 아나피가 교류 엘프이고, 그녀가 하는 일이 바로 그런 일이란 것을 떠올릴 수 있었다.

그러자 이번엔 또 다른 의문이 들었다.

"그런데… 지금 인터뷰하는 건 그런 이유 때문만은 아닌 거 같은데?"

"아, 그건…… 마침 영상이 나온다."

무언가 설명하려는 듯 이성희가 현우의 질문에 반응

했지만, 이내 아나피의 인터뷰 장면에서 바뀐 화면에 모두의 시선이 모여들었다.

촤아! 촤아아!

그곳은 불빛 한 점 없는, 그야말로 어두컴컴한 밤바다였다.

온통 검은 것밖엔 안 보이는 해변 위로 꿈틀꿈틀 검은 것들이 움직이고 있었는데, 자세히 보니 머리에 검은 로브를 쓴 사람들이었다.

대충 백 명은 되어 보이는 사람들이 분주히 움직이고 있고, 그런 이들 사이에서 단연코 돋보이는 아나피가 조용히 바다를 지켜보고 있었다.

그러길 잠시. 영상에서는 잘 보이지 않지만, 아나피가 바다로 들어가자 곧 바다로부터 정체불명의 무언가가 솟구쳐 오르는 장면이 보였다.

그것은 작은 아이와도 같은 모습이었는데, 이내 아나피의 주위를 빙글빙글 돌았다.

현우는 남들 몰래 고개를 주억거렸다.

아마도 CCTV에 촬영된 화면인 듯 흐릿하기 짝이 없는 모습이지만, 현우는 아나피의 주변에서 돌고 있는 것이 물의 정령임을 알 수 있었다.

대언령사 시절, 몸에 마나를 쌓아서 사용하는 마법사와 달리 대기 중의 마나를 즉석에서 수식화하는 언령사는 정령과 꽤 상성이 좋은 편이었다.

특히나 인간의 한계를 넘어 진리라 불리는 것에 가까이 다가간 대언령사라면 더욱 그랬다.

당시 두문불출하며 연구에만 매진하던 칼롯 코즈너에게 정령이란 편리하고도 귀여운 친구들이었기에 그들의 형태는 저렇듯 아무리 흐린 화면을 갖다 놓는다 해도 확실히 알아볼 자신이 있었다.

'그나저나 운다인이라··· 아나피의 나이를 생각하면 꽤나 훌륭하군. 역시 하이 엘프라는 건가?'

하지만 보통의 엘프 족보다도 뛰어난 능력을 지니는 하이 엘프라는 점을 감안하더라도 중급 정령이란 것은 대단했다.

비록 한 개체밖엔 다루지 못하는 것 같지만, 물이 있는 곳에서의 운다인은 고위 마법사에 필적하는 존재였다.

심지어 물과 관련된 것에 한해서는 7클래스의 대마

법사도 쉽게 하지 못할 일들을 척척 해낼 수 있을 정도였다.

물론 그만한 힘을 발휘하기 위해선 정령사의 자질도 그만큼 뛰어나야겠지만… 그런 게 아니더라도 운다인이 자체적으로 발휘하는 힘을 생각하면 강력하다는 말이 어울리는 정령이었다.

그렇게 화면 속의 아나피와 운다인이 한가로워 보이는 순간을 보내고 있는 그때, 화면이 바뀌면서 이번엔 헬리 캠을 통해 촬영한 듯 허공에서 바다를 내려다보는 장면이 나오며 거대한 무언가가 밀려 나가는 모습을 비추기 시작했다.

그리고 동시에 자료 화면과 해설자의 목소리가 나오며 그것이 아나피가 있던 토론토의 해변으로 향하고 있고, 해변에 도착할 때 즈음엔 거대한 해일이 되어 있을 것이란 설명을 했다.

그 말이 끝나자 곧장 다시 CCTV의 화면이 바뀌어졌다.

이번엔 정렬해서 서 있는 마법사들과 그들의 선두에서 바닷물에 몸을 반쯤 담근 아나피가 나왔다.

그런 그들의 앞으로 CCTV 화면에 다 들어오지도 않을 만큼 거대한 파도가 몰려오는 게 보였다.

곧 마법사들의 힘으로 해일 앞에 비슷한 크기의 거대한 장벽이 세워졌다.

아마도 인터뷰장에서 곧장 화면을 틀어주고 있는 듯, 오오, 놀라 탄성을 지르는 사람들의 웅성거림이 상황을 설명하는 해설자의 목소리에 섞였다.

하지만 현우는 그런 것에는 관심을 갖지 않았다.

그저 심각한 표정으로 화면을 지켜볼 뿐.

'어떻게 살아남은 거지?'

마법에 문외한인 인터뷰장의 사람들로서는 그 거대하고 신비로운 빛을 내뿜는 장벽이 대단해 보이겠지만… 내막을 아는 현우로서는 사상누각으로밖엔 보이지 않았다.

물론 마법을 펼치는 걸 직접 보진 못했지만, 마법을 준비하는 과정은 CCTV를 통해 이미 확인한 현우였다.

자세히 볼 수는 없지만, 해변의 모래 위에 급조된 그 것들은 30미터에 이르는 해일을 막을 정도의 것으로는 도저히 볼 수 없었다.

결국 해일에 잡아먹히는 것인가 싶을 만큼 화면 속 해일과 장벽이 가까워졌을 무렵, 아나피의 앞으로 운다인 둘이 더 나타났다.

기존의 운다인과 합해 총 셋에 이르는 운다인이 서로 손을 맞잡고 흔들어 해일을 위협하는 듯 귀여운 행동을 취하자 해일이 눈에 띄게 느려지고 작아지는 것이 보였다.

그 순간을 노렸다는 듯 장벽을 만들던 마법사들이 넓게 흩어지고 꽤 멀리, 위에서부터 찍은 화면에 딱 들어맞는 크기의 장벽이 엿가락처럼 늘어나며 몇몇 마법사들과 함께 화면 밖으로 사라졌다.

'강도를 낮추고 범위를 늘렸군.'

현우는 그것이 무엇이고, 무슨 행동인지 단숨에 파악했다.

마법의 문외한인 시청자들을 위해 화면까지 일시 정지한 상태로 해설자가 숨도 쉬지 않고 설명을 해 나갔다.

하지만 현우는 그사이에도 여러 생각이 머릿속에서

어지럽게 교차했다.

아나피의 능력으로 과연 동시에 셋의 중급 정령을 소환하는 게 가능한가부터 저토록 오래 유지하는 것이 과연 가능한지, 그리고 저렇게 강도가 약해진 상태에서 작아진 해일을 막는 게 정말로 가능한지에 대해서 말이다.

그리고 그런 현우의 질문은 곧장 화면을 통해 몇 가지 대답을 들을 수 있었다.

장벽이 넓어지고 얼마 지나지 않았을 때, 아나피의 앞에 있던 정령들이 사라져 버렸고, 늘리는 과정에서 해일이 빨리 닿을 수 있도록 앞으로 밀어둔 장벽은 이내 해일에 맞서 산산이 부서져 내렸다.

그리고 일순 적막감이 흘렀다.

현우네 병실에 모인 사람들은 물론, 인터뷰장에 모인 이들까지도.

그 위험천만하고도 두렵기 짝이 없는 자연재해의 공포에 모두들 입술을 깨물었다.

그리고 잠시 뒤, 화면이 바뀌고 해변의 한가운데에서 누군가 일어나는 게 보였다.

아나피였다.

아나피는 곧장 근처에 쓰러져 있던 다른 마법사를 부축했고, 이내 CCTV 화면 속 여기저기에서 생존을 알리기라도 하듯 마법사들의 검은 후드가 불쑥불쑥 나타났다.

화면 속의 그들은 등지고 있던 방향을 가리키며 환호했고, 인터뷰장의 오디오에서도 환호 소리가 흘러나왔다.

그렇게 영상이 끝나고 텔레비전 화면에는 아나피의 얼굴이 다시 비춰졌다.

오디오를 통해 미리 확인했던 것처럼 인터뷰장의 분위기는 꽹장히 시끌벅적하고 고취된 듯싶었다.

그곳에 모인 모두가 너도나도 손을 들며 아나피에게 질문을 요청했다.

그중 아나피의 선택을 받은 기자 한 명이 그녀에게 질문했다.

[어제 하신 일… 잘 봤습니다. 정말 훌륭한 일을 하셨습니다.]

[감사합니다.]

질문에 앞서 취재 기자의 덕담에 그녀가 가볍게 고개 숙여 인사를 했다.

[이건 질문보다는 부탁이긴 합니다만… 제가 듣기로 이번 해일을 막는 과정에서 큰 도움을 줬던 것이 있다고 들었습니다. 혹시 괜찮으시다면 이번에 해일을 막는 과정에서 도움을 줬던 것을 보고 싶습니다.]

그의 말에 주변에 있던 기자들의 눈이 동그랗게 변했다.

도움을 줬던 물건이라니, 그런 건 이미 아까피 이전에 마법사 대표와의 인터뷰에서 이미 확인한 사항이었다.

마법 장벽을 설치할 때 썼던 몇 가지 마법 장치들을 충분히 볼 수 있었던 것이다.

그녀 역시 마법 장벽에 참여했던 인원으로 해일 막기에 썼던 물건이라고 한다면 이전의 마법사 대표가 보여 줬던 것과 마찬가지로 그런 종류의 물건밖엔 없을 터였다.

이해가 안 되는 질문에 모두가 아까운 질문 기회를 한 번 놓쳤다고 속으로 혀를 찰 때, 질문을 했던 기자는 오히려 속으로 그런 이들을 심정을 짐작하고 비웃었다.

'흥, 바보 같은 것들. 내가 입수한 정보에 따르면, 엘프는 방벽을 세우는데 도움을 주지 않았어. 오히려 해일을 직접 공략했지. 정령을 써서 말이야!'

그랬다. 그가 노리고 있는 질문의 답은 바로 정령이었다.

아나피가 정령을 보여주길 원하는 것이었다.

오늘 공개된 마법의 장벽은 영상을 통해 봤음에도 굉장히 신기하고 대단해 보였지만, 사실 인터넷상에 알음알음 퍼져 있는 마법 시연 영상과 크게 다를 게 없었다.

그에 반해 정령은 달랐다.

단순히 정령사가 적다는 것도 하나의 이유이지만, 어째선지 정령에 관해서 아는 사람은 천에 하나 있을 만큼 그 존재 같은 게 전혀 알려지지 않았다.

정령의 모습, 능력… 여태껏 어느 것 하나 제대로 알려진 게 없었다.

하지만 오늘 영상에 처음으로 정령의 존재가 실제 모

습과 함께 기록되었으며, 그 힘의 일부도 확인할 수 있었다.

물론 보통 사람들에겐 그게 정령인지, 아니면 그들이 모르는 어떤 마법의 종류인지 구분조차 할 수 없겠지만.

아나피에게 질문을 던진 기자는 어제 해일을 막아낸 백 명의 마법사를 하나씩 찾아다니며 열심히 로비를 한 결과, 아나피에게 정령에 대해 물어보라는 조언을 얻을 수 있었다.

하여 그는 영상 속에서 물로 만들어진 인간의 형상이 정령이란 것을 한눈에 깨닫고 이를 보여 달란 것을 애둘러 말한 것이었다.

그렇게 의기양양해하는 기자와 그 기자를 보며 날아간 질문 기회에 아쉬워하는 사람들 사이에서 아나피의 조금 곤란해하는 모습이 화면에 잡혔다.

마치 이런 걸 보여줘도 되나 싶은 표정의 그녀는 굉장히 망설이는 듯한 모습이었다.

그 모습에 질문을 했던 기자는 속으로 득의양양 미소를 지었고, 그를 욕하던 다른 사람들은 아나피의 곤혹스러워하는 모습을 보며 그들이 알지 못하는 무언가가 있다는 생각에 호기심 어린 눈으로 사태의 추이를 가만히 지켜봤다.

그 상태로 얼마나 지났을까.

정말이지 심각한 표정을 짓고 있던 그녀는 결심했다는 듯 답변을 듣기 위해 일어나 있던 기자를 향해 작게 고개를 끄덕였다.

끄덕.

기자의 표정이 웃음을 감추지 못하겠는 듯 부들부들 떨렸다.

나머지 사람들은 대체 무엇이기에, 하는 표정으로 이어지는 아나피의 행동을 지켜봤다.

그런데…….

스윽.

무엇을 보여줄 것인지 기대에 찬 눈빛으로 아나피를 지켜보던 사람들은 그녀가 살짝 고개를 숙여 목에서 무언가를 풀어내는 것을 볼 수 있었다.

그리고 그녀의 품속에서 흘러나온 목걸이를 보며 눈을 동그랗게 떴다.

질문했던 기자는 그것이 정령이 아니라는 사실에, 그리고 다른 사람들은 그것이 이전에 보았던 마법 장벽을 설치하던 물건과는 다르다는 사실에 그녀에게 시선을 집중했다.

그런 기자들의 호기심 어린 시선을 받으며 엄청난 관심이 조금 쑥스러운 듯 조그맣게 얼굴을 붉힌 아나피.

그녀는 이내 가운데 부분에 커다란 그을음과 일그러진 문양이 남겨진 목걸이를 소중하게 쓰다듬으며 말했다.

[이건 저의 소중한 분께서 저를 위해 특별히 제작해 주신 아티팩트입니다. 어제 해일을 막을 수 있던 것은 이 아티팩트가 저를 지켜주기 위해 힘을 발휘했기에 가능했습니다.]

'소중한?'

흠칫!

영상을 보며 아나피의 인터뷰를 듣고 있던 서보람이 그녀의 말에 살짝 몸을 떨었다.

비록 망가진 듯 흉한 모습이 된 목걸이였지만, 그것

의 정체가 무엇인지 누구보다 잘 알고 있는 그녀가 아니던가.

그렇기에 아나피의 목에서 목걸이가 풀려 나올 때부터 서보람은 긴장한 상태였다.

그녀의 심상치 않은 인터뷰 내용에 서보람의 가슴은 두 근 반, 세 근 반, 빠르게 뛰기 시작했다.

그러고는 은근슬쩍 곁눈질로 현우의 눈치를 슬쩍 살폈다.

하지만 현우는 대체 무슨 생각을 하는지 처음부터 끝까지 진지한 표정으로 화면을 응시하고 있을 뿐이었다.

'그나마 다행인가? 휴우.'

현우가 화면에 비친 목걸이를 보고도 별다른 반응을 보이지 않는 것을 보며 안도의 한숨을 내쉬는 서보람이었다.

텔레비전 밖의 분위기야 어쨌든 화면 속의 취재 열기는 뜨거웠다.

찰칵! 착칵!

차카가각!

그녀의 말이 끝나기 무섭게 사방에서 셔터 소리가 터져 나오기 시작했다.

엘프를 취재한 경험이 있는 기자들은 반사적으로 저것이 세상에 나온 엘프들이 소지하고 있다는 유물, 아티팩트 중 하나라고 생각했기 때문이다.

그도 그럴 것이, 그녀가 소중한 분이 제작했다고 언급을 했고, 그것을 엘프들이 모신다는 신이라 해석을 한 것이었다.

물론 이전까지 엘프들이 자신들이 모시는 신에 대해 언급할 때면 사랑하는 어머니 내지는 사랑하시는 분 같은 사랑이란 단어를 넣어 말했지만, 이제 와 뭐라고 부르든 별로 상관은 없었다.

무엇보다 엘프인 아나피가 소중한 분이라고까지 말하는데, 어차피 그게 인간일 리는 없지 않겠는가.

설마하니 엘프가 인간을 소중히 여기고 높여 부를 거라곤 생각할 수 없었기에 그들의 추리는 일견 당연해 보였다.

물론 아나피는 그런 의도가 아니었지만.

어쨌든 그녀가 앞에 내놓은 아티팩트가 그렇게 중요

한 물건이라면 지금 저걸 가장 잘나오게 찍기만 해도 기사 하나가 뚝딱 만들어질 터였기에 모두들 그 모습을 조금이라도 자세히 담고자 열심히 셔터를 눌러 댔다.

그때, 혼란을 틈타 기자들 사이에서 질문이 하나 튀어나왔다.

[그 아티팩트라는 물건… 겉보기에 망가진 것처럼 보이는데, 어떻게 된 것인지 알 수 있을까요?]

약속에 없던 질문이긴 하지만, 아나피는 이미 대답을 생각해 둔 듯 막힘없이 말을 이었다.

[사실 어제 들이닥친 해일은 저희가 생각한 것보다 훨씬 더 커서 그곳에 모였던 마법사분들과 저희는… 죽음을 각오한 상태였습니다.]

그녀의 말에 인터뷰장이 순식간에 웅성거림으로 가득 찼다.

이번 일에 마법사를 투입한 각국 정부가 자신들의 힘을 과시하고자 알릴 생각으로 '어차피 엘프가 있었으니 수월했겠지'라는 안일한 생각을 가지고 그 과정이 어렵지 않았다는 식으로 보도를 잔뜩 뿌려 댄 탓이었다.

그래서 영상 속에서도 모두들 파도에 휩쓸리는 장면이 있었음에도 인터뷰장에서 걱정하는 사람이 없었던 것이다.

그런 그들에게 있어 해일 저지에 참여했던 마법사들과 엘프가 죽음을 각오한 상태였다는 것은 정말 놀라운 사실이었다.

하지만 그녀의 이야기는 끝이 아니었다.

[그때, 저는 정말로 죽을 생각을 하고 있었고, 당시 참여했던 사람들 중 제 힘으로 살릴 수 있는 사람이 몇 명이나 될까 가늠하던 중이었습니다. 그런데 그때… 이 목걸이가 제게 힘을 줬습니다.]

꿀꺽—

어느새 조용해진 인터뷰장에 누군가 침을 삼키는 소리만이 크게 들렸다.

[제가 위기에 처해 불안에 떨고 있을 때, 고장 났다 여긴 이 목걸이가 저의 정신을 맑게 해주었습니다. 그리고 힘이 모자라 포기하고 싶어졌던 순간엔 정말 끝없는 힘을 부여해 줬습니다. 마법사에 대해 잘 아시는지

모르겠지만… 이 아티팩트는 그때 무한이라고밖엔 생각할 수 없는 마나를 주었고… 그게 있었기에 저희는 살아남을 수 있었습니다.]

그렇게 말하며 씁쓸한 표정으로 뭉개져 버린 가운데 부분을 쓰다듬는 그녀의 표정은 모인 이들의 심장이 미어질 만큼 안타까워 보였다.

[이 아티팩트는 그렇게 저희를 위해 희생을 하고… 이렇게 망가져 버렸습니다. 이걸 선물해 주신 분이 지금 방송을 보고 계실지는 모르겠지만… 정말 죄송하다고 사과드리고 싶어요. 선물 받은 지도 얼마 안 됐는데, 이렇게 망가뜨리다니…….]

그때, 그녀의 말에서 이상함을 느낀 한 기자가 손을 번쩍 들며 물었다.

[지금 선물 받으신 지 얼마 안 됐다고 하셨는데… 혹시 언제 선물 받으신 건지 알 수 있겠습니까?]

[후후… 그리 오래되지는 않았네요. 한 달이 채 안 되었을 겁니다. 너무 금방 망가뜨려서 고쳐 달라고 하기도 죄송스럽네요.]

그 순간.

그녀의 말을 들은 기자들의 눈이 빛났다.

[잠깐만요! 그렇다면 그건 교류 엘프로 등장하신 후… 새로 얻으신 거란 말인가요? 그렇다면 그걸 제작했다는 건… 인간족 마법사인 겁니까?]

[제작하신 분이 소중한 분이라고 하셨는데…….]

순간, 아나피를 찍고 있던 카메라 앞으로 수많은 그림자가 불쑥불쑥 튀어나오는가 싶더니, 카메라가 흔들리고 그야말로 인터뷰장에 난리가 나버렸다.

그리고…….

삐—

갑자기 알 수 없는 화면으로 대체되며 방송 사고에 관한 사과 같은 게 현우들이 보고 있던 텔레비전 화면에 떠올랐다.

"에~? 아나피는?"

"아마도 소란 때문에 인터뷰를 중단한 것 같아요."

"……."

"……."

이성희와 김예린이 갑자기 중단된 방송에 대해 두런두런 말을 나누는 동안 특집 편성 방송인 듯 보이는 동물의 왕국이 방송되기 시작하는 화면을 멍하니 응시하고 있는 현우와 서보람은 각자의 생각에 빠져 말이 없었다.

그중 현우는…….

'까짓거, 얼마든지 고쳐 주지 뭐.'

물론 마법을 제대로 사용하지 못하는 지금 얼마나 이전 기능을 복구시킬 수 있을지 모르겠지만, 화면에 아티팩트 상태가 비추는 동안 자세히 관찰을 한 현우였다.

비록 한가운데 새겨진 중요 수식들이 타버리긴 했지만, 그것을 채워 넣는 것만으로도 공기 청정 기능이라든지 그 외의 간단한 기능들은 단숨에 복구가 가능할 터였다.

거기에 덤으로 그 모습을 보면서 아나피를 도왔다는 정체불명의 효과에 대해서도 생각해 볼 수 있었고, 어느 정도 그 답도 찾은 현우였다.

그것은 우연에 우연이 겹쳐 만들어낸 현상이었으리라.

아나피가 현우로부터 마나를 빼앗길 당시, 아티팩트

는 주인이 위험에 처했음을 감지하고 본인에게 내장된 보조 마법을 발동시키고자 했다.

그 마법의 이름과 효과는 긴급 마나 회복으로, 위기 상황에서 마나가 고갈된 몸에 긴급 수혈을 하듯 아주 잠깐 주변의 모든 마나를 흡수하여 강제로 주인의 몸에 채워 넣는 기능이었다.

이 기능은 일견 듣기엔 일발역전의 한 수 내지는 굉장히 엄청난 효과로 보이겠지만, 사실 그 효과는 그리 대단치 않았다.

아티팩트가 긴급을 요하는 상황을 인지하는 순간, 다른 모든 기능을 자동으로 정지시키고 외부로부터 마나를 빨아들이는 것과 주인의 몸에 밀어 넣는 것밖에는 하지 않도록 설정이 되어 있던 것이다.

그 결과, 몸에 들어오게 되는 마나는 아티팩트의 정화 수식을 거치지 못한, 그냥 대기상의 흔한 마나에 불과했다.

물론 이 역시도 충분히 도움이 될 법하지만, 문제는 강제로 주입 받은 마나는 서클에 차곡차곡 쌓이는 형태가 아니라 몸 전체를 저장고화해서 강제로 채워 넣는 것에 불과하다는 점이었다.

보통의 마법사로선 몸에 채워지기만 한 마나를 정상적인 방법으론 사용할 수 없고, 만약 이를 통해 마법을 펼친다면 대개 서클의 마나가 아니라 외부의 마나와 조율하여 펼치는 저서클의 보조 마법 계통의 마법밖엔 사용할 수가 없었다.

하지만 그거야말로 마나 공급 효과의 원초적인 목적이었다.

위기 상황에서 탈출하기 위한 보조 마법을 사용할 정도의 마나를 공급하는 게 아티팩트의 최후 임무인 것이다.

그런데 아나피가 가지고 있던 아티팩트는 그에 필요한 최소한의 마나조차 현우에게 몽땅 빼앗겨 버리는 바람에 그 기능이 강제로 중단되어 있었을 것이다.

그런 후, 아마도 기능을 실행 중이었기에 동력이 되는 마나가 되돌아오는 과정에서 자동으로 기능이 작동하기 시작했을 터였다.

그리고 문제는 여기서부터였다.

아티팩트로부터 마나를 완전히 뺏는다는 것은 그 기능을 완전히 중단시킨다는 것이고, 그런 후에 다시 마나를 주입한다는 것은 컴퓨터로 치면 재부팅을 한다는 의미였다.

그런데 현우가 아티팩트에 설치한 마법 중에는 마나가 모자라 기능이 중단되었을 시 자동으로 주변의 마나를 모아 기능을 강제로 작동해 유지시키는 마법이 있었다.

그 결과, 가장 적게 마나를 소모하는 공기 청정 마법이 돌아왔던 것이고, 두 번째론 마나 필터가 작동했을 것이다.

그리고 마지막으로 아티팩트가 강제로 종료되기 전에 예정되어 있던 긴급 마나 회복이 동시에 적용되었으리라.

본래 모든 기능이 정지하고 흡수해야 하는 마나를 정화 마법이 발동된 상태로 빨아들임으로써 그녀에게 고순도의 마나를 대량으로 전해 주었고, 본래 두 가지 마법이 동시에 발동할 수 없도록 설계되어 있던 아티팩트는 그로 인해 얼마 못 가 망가졌으리라는 추측이었다.

'물론 자세한 건 직접 봐야 알겠지만… 그렇게 된 것일 가능성이 가장 크겠군.'

그렇게 현우는 자신이 만든 아티팩트가 선보인 또 다른 기능에 대해 생각을 하며 그것을 활용할 방법과 아나피가 그것을 가져왔을 때 고칠 방법에 대해 생각을 하기 시작했다.

그리고 서보람의 경우에는……

'우으, 어느 정도 예상은 했지만… 이번엔 상대가 너무 강해!'

울상 지은 표정으로 걱정을 하기 시작했다.

'예린이야 배다른 동생이지만… 여동생이니 문제없고, 성희 언니도 예쁘고 똑똑하긴 하지만, 그래도 그 정도는 괜찮다고 생각했는데… 하필 엘프라니!'

아나피가 다른 인간에겐 일절 보이지 않는 관심을 보일 때부터 설마설마 싶긴 했다.

하지만 엘프가 인간을 좋아할 것이라고는 상상도 해본 적이 없기에 애써 무시하고 있던 서보람은 갑자기 나타난 강대한 연적의 등장에 한숨을 내쉴 수밖에 없었다.

그렇게 한 남자와 한 여자의 동상이몽과 함께 그날 하루가 시작되었다.

5.

마탑 등장

해일 사건이 있고 나서 이주일.

세상은 말 그대로 시끌벅적해졌다.

연일 쏟아지는 새로운 기사에 사람들은 놀랍다는 반응을 보였고, 에리나반 델로니어스 아나피라는 교류 엘프의 이름을 각인시켰다.

또한 그들은 끝도 없이 하늘을 원망했다.

정말로 하늘 위에 세상의 일을 관장하는 누군가가 있어서 그런 사람들의 원망을 듣고 있다면 꽤나 억울할 테지만, 이번만큼은 하늘을 원망하는 그들에게 꽤나 정당성이 있었다.

그도 그럴 것이, 세상 사람들의 많은 기대와 희망을, 그리고 일상을 무참히 짓밟은 참이었으니, 그 누구라도 하늘을 옹호할 수는 없으리라.

세상의 많은 이들이 안타까움에 혀를 찼다.

그리고 그런 상황은 아나피를 알고 있는 사람일수록 더했다.

사락—

"흐음……."

본래도 컴퓨터 화면 속 글자보다 인쇄물의 활자를 좋아하던 현우는 근래에 종이 신문에 취미를 붙여 매일 아침 학교에 오면 신문을 읽고는 했다.

그리고 요 며칠째 아침마다 신문을 통해 접하게 되는 아나피의 얼굴을 보며 안타까움의 침음성을 흘렸다.

그리고 그런 현우의 모습을 보며 반의 몇몇 아이들이 눈을 빛냈다.

그들이 예의 주시하고 있는 인물이 여자의… 그것도 현우 자신과 엮여 한때 학교에 큰 소란을 빚어낸 엘프의 사진을 보며 눈살을 찌푸리는 것이다.

"저것 봐! 오늘도 엘프 사진을 보고 있어."

"⋯⋯저건 그냥 신문을 보는 거 아닐까?"

"얘는! 요즘 어떤 고등학생이 종이 신문을 봐? 저 사진을 보려고 하는 거라니까?"

"그래, 맞아! 저 표정 일그러진 거 봐!"

"정말 소문이 사실일까?"

아나피의 모습을 신문을 통해 확인하며 눈살을 찌푸리던 현우는 촉각이 무뎌진 대신 요 며칠 사이 유달리 발달된 청각을 통해 뒤편에서 들려오는 여학생들의 수다를 들으며 미간에 더욱 깊은 주름을 만들어냈다.

짧은 병원 생활을 마치고 사흘 전부터 학교에 나온 현우는 며칠간 함께 사라졌던 이성희, 김예린 등과 엮여 각종 추문에 휩싸인 상태였다.

학교제일의 문제아와 사라진 미녀들이란 내용은 사춘기 소년 소녀들의 호기심을 자극하기에 충분한 소재였다.

그래선지 현우들이 학교에 돌아왔을 땐 모두가 그들의 걸음 하나하나에 주목했고, 말 한마디에 귀를 기울였다.

물론 그런 걸로 알아낼 수 있는 건 현우가 다른 사람보다 걷는 속도가 빠르다는 점과 이성희와 김예린의 목소리가 그 미모만큼이나 예쁘다는 정도뿐이지만, 어째선지 학교에서의 소문은 갈수록 무성하고 거대해져만 갔다.

현우가 여자 둘을 납치해 며칠간 데리고 있었다는 둥, 두 여자가 현우를 두고 삼각관계가 되어 싸웠다는 둥… 그야말로 허무맹랑한 이야기투성이에 진실과는 동떨어진 이야기뿐이었다.

하지만 궁금증을 해결하고자 현우들에게 질문을 할 배짱을 가진 사람은 누구도 없었다.

그도 그럴 것이, 애당초 현우에게 말을 걸 수 있을 만한 담력을 가진 인물부터가 없던데다 현우와 함께 사라졌던 이성희, 김예린이 그와 관련한 이야기에는 모두 거짓이라고 일관되게 주장하고 있기 때문이었다.

물론 이성희와 김예린의 반응은 그런 이상한 소문에 걸맞은 당연한 반응이었지만, 사람의 호기심이라는 게 본디 그렇듯 그녀들의 대답은 일절 무시한 채 소문은 확산되어 가는 중이었다.

특히나 그중 가장 황당하면서도 가장 큰 지지를 얻고 있는 소문은 현우의 '나쁜 남자' 설이었다.

평소 학교생활도 그렇지만, 누구 하나 제대로 말 붙이지 못하는 현우가 그 음침한 외모와 달리 마성(?)의 남자라는 소문이었다.

특히나 그에 대한 근거로 학교에 교류 엘프가 사회 체험을 왔을 때, 마치 현우에게 매달리듯 지극정성을 보인 것과 아나피를 상대로 그야말로 나쁜 남자…라기보다는 나쁜 놈의 극치를 보여준 전적이 있기에 그 소문이 꽤나 힘을 얻는 중이었다.

게다가 그간 현우와 엮인 인물들의 면면이 학교에서 알아주는 미인들이었다는 것을 내세워 현우가 가진 마성의 매력은 미녀에게만 허락(?)된다는 말까지 생겨났다.

그로 인해 어처구니없지만 알게 모르게 여학생들의 지대한 관심을 사기도 했다.

물론 현우의 실체를 알기 전의 잠시뿐이긴 해도…….

어쨌든 그렇게 교내 논란의 중심이 된 현우는 애써 그런 소문들을 무시하며 일상을 보내고 있었다.

불쑥!

"너 고등학생 맞아? 요즘 누가 그런 종이 신문을 보니?"

그리고 그런 평안 사이로 이성희가 불쑥 머리를 들이밀며 현우에게 말을 걸었다.

그에 현우는 간단히 대답해 줬다.

"취미다."

사락—

그렇게 말하며 현우는 신문 특유의 종이 질감이 주는, 활자 중독자에게 평안을 주는 그 촉감에 만족해하는 한편, 분명 페이지를 넘겼는데도 커다랗게 아나피의 얼굴이 실려 있는 신문을 보며 다시 한 번 눈살을 찌푸렸다.

그리고 함께 신문을 보고 있던 이성희 역시 미간을 좁히며 아나피에 대한 안타까운 감정을 표현했다.

"정말… 안됐어."

그녀를 아는 모든 이가 그녀의 모습을 신문 등의 매체로 보면 하게 되는 대표적인 말 중 하나였다.

아니, 최근에는 언론을 통해서 그녀를 접하게 된 이

들도 간간이 비치는 의견 중 하나이기도 했다.

"그래."

현우 역시 무뚝뚝하게 동의했다.

그렇게 현우의 동의까지 이끌어낸 신문 속 아나피의 모습은 본래의 생기발랄함은 어디 갔는지 전혀 찾아볼 수 없을 정도로 초췌한 얼굴이었다.

물론 그마저도 아름답긴 했지만, 본래의 아나피를 잘 알고 있는 사람들에겐 매일같이 신문에 올라오는 그녀의 얼굴이 하루가 다르게 초췌해져 감을 보며 혀를 찰 수밖에 없었다.

"정말… 마음고생이 심한가 봐."

요 며칠간 아나피를 마음고생시킨 일들은 연일 대서특필되는 중이었고, 심각한 문제로까지 떠올라 매일 저녁 뉴스나 각종 토론 프로그램에선 그 일들과 관련된 전문가들의 언쟁마저 벌어지는 중이었다.

교류 엘프로서 전 세계의 보호를 받는 아나피를 이토록 힘겹게 하고 그녀를 아는 사람들에게 안타까움을 자아내게 하는 일들.

그것은 바로 자연재해였다.

해일이 캐나다 밴쿠버를 덮치려 할 때, 이를 성공적으로 막아낸 아나피는 그간 민간인들에게 있어 세계의 정치, 외교적 측면의 얼굴마담—세계적인 아이돌—이란 인식에서 구원자라는 타이틀을 새로 가질 수 있었다.

사실 그간 교류 엘프란 존재는 마법사들과 각국 정부에서 엘프와의 외교 문제 등으로 인해 그 귀함을 인정받으며 존중 받았을 뿐, 그런 것과 별로 관계없는 보통의 사람들에겐 그냥 예쁜 인형과도 같은 존재일 뿐이었다.

또한 그들이 지닌 대단한 마법이란 것 역시도 당장 보통의 마법사에게도 관심 없는 이들에게 있어서는 무의미한 것과 다름없었다.

하지만 이번 일, 인간 마법사들뿐이었다면 절대로 막을 수 없었을 대 재앙을 막아낸 힘과 그녀가 목숨을 걸고 자원했다는 점 등이 세상에 퍼져 나가며 아나피는 진정한 의미의 교류 엘프가 될 수 있었다.

그러나 그런 반응도 잠시뿐이었다.

해일 사건이 마무리되기 무섭게 세계 각지에서 온갖

자연재해가 출몰하기 시작했다.

마치 기다렸다는 듯 세계의 수많은 화산이 폭발하고, 대지진이 일어났으며, 한 지역의 모든 생활용수를 전담하는 저수지에 싱크홀이 생겨나는 등… 보통의 경우 일년에 한두 번 일어날까 말까 하는 일들이 단 며칠 사이에 쏟아져 나오기 시작했다.

세상의 혼란은 극에 달했고, 아나피를 구원자라 인식하고 있던 이들은 당장 자기 자신을 구원해 주지 않는 아나피에 대하여 불신을 가지며 비난도 서슴지 않았다.

이런 상황에서 해일 사건 이후 인터뷰 당시에 있던 일은 단순한 해프닝 내지는 그녀를 물어뜯는 도구가 되어 유야무야 넘어가 버렸다.

하지만 그녀가 그저 가만히 있던 것만은 아니었다.

그녀는 자신을 향하는 비난에 대해 가타부타 말없이 행동으로 보여줬다.

해일 이후, 캐나다에서 휴식을 취하고 있던 그녀는 북아메리카에서 일어난 재해나 인근 다른 국가에 투입되어 해일 사건 때 그랬던 것처럼 정말 아슬아슬하게 재해를 막아내곤 했다.

그렇기에 재해가 일어날 때마다 지원을 받을 수 있던 북아메리카 국가들은 여전히 그녀를 지지했다.

또한 엘프와의 외교 문제와 그녀가 현실적으로 전 세계에 동시다발적으로 일어나는 모든 일에 도움을 주기 힘들다는 것을 알고 있는 각국 정부가 그녀에 대한 비난을 일부 통제함으로써 그녀를 향한 비난이 잠시 줄어들 수 있었다.

하지만 그런 임시방편은 오래가지 못했다.

그 이후로도 끝없이 이어지는, 정말로 신이 인간을 버렸다고밖엔 생각 할 수 없는 자연재해와 그녀의 비난을 틀어막는 과정에서 일어난 일부 국가의 몰지각한 행동이 그녀에 대한 비난 여론을 부채질했다.

그러나 반대 여론이 일면 찬성 여론 역시 불이 붙기 마련.

마법에 대해 조금이라도 알고 있는 세상의 지식인들이 무지에 선동당한 대중들을 비난하기 시작했고, 이를 제대로 통제하지 못한 몇몇 국가의 경우 지식인과 일반 대중의 대립으로 번져 나가 사회적 주요 쟁점이 되기까지 했다.

그런 와중에 난세의 영웅을 꿈꾸며 들고일어나는 아나키스트들과 작금의 혼란 상황을 자신들의 이득으로 만들고자 손을 뻗는 기회주의자들로 인해 세계는 갈수록 혼란에 빠져들어 가고 있었다.

특히나 그녀가 지원을 나갈 때마다 선보이는 마법들은 무지한 이들에게 있어 전지전능한 힘으로 비춰지며 아나피가 할 수 있음에도 자신들을 구원하지 않는다는 여론을 키워만 갔다.

물론 이러한 국가 내 반목 현상은 상대적으로 정부의 통제가 약하거나 본래부터 정부에 대한 불신이나 불만이 많던, 비교적 작은 나라들의 상황인 경우가 대부분이었다.

하지만 강대국이라 불리는 나라에서도 배우지 못하거나 이성적으로 생각하지 못하는 사람들은 있기 마련이고, 그런 점을 이용하고자 하는 사람들은 많기에 사실상 세계적 혼란 상황이 오는 것은 시간문제라고 할 수 있었다.

그나마 아나피가 출현한 한국은 지역적 특성상 자연

재해라는 단어와는 거리가 멀기에 사회적 혼란 현상의 없다시피 했지만, 본래도 많은 자연재해를 겪고 있던 인근의 동아시아 국가들은 사정이 달랐다.

처음 아시아 지역에서 등장한 엘프가 아메리카 대륙에서 주로 활동하고 있는 것에 대해 한국을 추궁하고 그녀를 데려오기를 은근히 압박하는 중이었다.

물론 현실적으로 불가능한 일인 것을 서로 간에 뻔히 알고 있지만, 재해로 인해 일어난 손해와 좋지 못한 국내 여론의 시선을 외부로 돌리기 위한 각국의 전략이었기에 한국으로선 변명에 가까운 태도로 일관하는 것 외엔 별다른 방법이 없었다.

그런 와중에 이런 상황이 억울할 법도 하건만, 아나피는 자신을 향한 비난에 전혀 대응하지 않은 채 해외에 체류하는 2주 내내 묵묵히 도움의 손길을 뿌리고 다녔다.

하지만 그런 것에도 한계가 있었다.

하루에도 세계 여러 곳에서 동시다발적으로 일어나는 재해에 대해 이제 세상은 지구 멸망론을 논할 정도로 심각한 사태에 이르게 되었다.

그에 대해 각 분야의 과학자들이 현재 빈번하게 발생하는 자연재해들이 인위적으로 발생한 것일 수 있다는 음모론을 내세웠지만, 사실 그에 따른 근거가 부족한데다 그 수많은 자연재해 모두가 '있을 법한' 장소에서 '있을 수 있는' 일들이었기에 그들의 의견은 모두 묵살되었다.

특히나 과학이 가진 만능에 가까운 가능성과 함께 이성의 대표주자였던 과학자들은 이번 일을 통해 그 입지가 크게 좁아졌기 때문에 그들의 의견은 더욱 강하게 부정당했다.

그에 반해 그간 가진바 힘에 비해 등한시되던 마법사들과 그들의 학문인 마법이 새로이 각광 받기 시작했다.

그들이 가진 화려하고 강대한 힘에 매료된 보통의 사람들이 맹목적인 신뢰를 보낸 탓이었다.

'마법사야말로 과학자보다 더한 이성주의자고, 누구보다 과학적 진리에 의존하는 존재인 것을…….'

아나피의 사진 밑으로 세계의 상황에 대해 소상히 적어 내린 누군가의 칼럼을 읽던 현우는 그들의 무지에 혀를 차면서도 내심 그들을 이해했다.

가진 게 남지 않아 더 이상 잃을 게 없는 그들에게 있어 마법이 보여주는 기적과도 같은 모습들은 어쩌면 마지막 희망일지도 몰랐다.

또한 각자에게 전승되어 온 옛날이야기 속 세상을 구한 신비한 요술과 마술은 마법과 일견 같은 모양이 있어 실낱같은 희망에 더욱 불을 지피고 있었다.

그렇기에 그들에게 있어서 마법이 마지막 희망이란 것을 이해할 수 있었다.

'하지만… 그렇다고 해도 모두 아나피에게 책임을 돌리다니.'

대외적으로 마치 아나피가 있었기에 더욱 큰 혼란이 일어난 것처럼 보이지만, 사실 그녀가 있든 없든 간에 그렇게 많은 자연재해가 발생하고 있는 이상 혼란은 이미 예정된 것이나 다름없었다.

결국 아나피는 재수 없게 걸린 희생양에 불과할 뿐이었다.

'아티팩트라도 고쳐 줄 수 있다면 좋으련만.'

그녀는 해일 사건 이후로 여전히 한국에 돌아오지 못

하고 있는 중이었다.

그리고 현우는 그때 인터뷰를 통해 확인한 아티팩트의 상태를 보며 아나피를 위해 아티팩트를 고치고 더욱 강화할 방법에 대해 이미 연구를 다 마쳐 놓은 상태였다.

물론 이 연구는 아나피를 위해 진행한 것이긴 하지만, 덕분에 연구의 파생물로 나온 몇 가지 간단한 유용한 아티팩트가 있어 현우로서는 마법을 잃은 것을 보조할 방법으로 아티팩트를 떠올리게 되었다.

그 결과 중 하나가 바로 지금 현우가 느끼고 있는 생생한 신문의 질감이었다.

바스락!

'역시 감각이 더 예민해진 것 같군.'

감각이 무뎌져 말을 똑바로 하는 것조차 시한부였던 현우는 아나피가 경험했다는 마나 회복 현상을 근거로 연구를 한 끝에 자신의 감각을 보조해 줄 수 있는 마나를 지속적으로 생산하고 몸에 퍼뜨려 주는 아티팩트를 만들었다.

그 결과, 단순히 마나를 흡수하여 감각을 정상화했을

때보다, 그리고 감각의 일부를 잃기 전보다 지금의 현우는 모든 것에 있어 더 예민한 감각을 얻을 수 있었다.

이는 현우가 자기 스스로의 의지로 마나를 움직일 수 없게 되었음을 깨달아 아티팩트를 통해 모인 마나가 가장 효율적으로 몸에 퍼져 나갈 수 있도록 처음부터 설계를 한 덕분이었다.

'뭐, 예상보다 시간이 훨씬 오래 걸리긴 했지만.'

사실 마나를 다룰 수 없게 된 지금의 현우에게 아티팩트를 만드는 것은 요원한 일이었다.

그러나 마법과 관련한 방대한 지식은 불가능을 가능으로 만들었고, 현우는 본인의 마나를 단 한 푼도 들이지 않고 아티팩트를 만드는 데 성공했다.

만약 현우가 아티팩트 제조 방법을 세상에 알린다면, 아마 세상은 새로운 산업혁명을 맞이하게 될 터였다.

'물론 그럴 생각은 없지만.'

일전에도 언급한바 있지만, 현우는 자신으로 인해 소란이 일어나는 것을 원치 않았다.

물론 그렇게 말하기엔 꽤 많은 일이 이미 벌어지긴

했지만…….

서보람 등의 노력으로 그 범위가 상당히 축소되고, 최소한 국내 한정이라면 현우가 마법을 되찾고 7클래스까지의 힘을 발휘할 수 있게 된다는 가정하에 스스로 해결 가능한 문제였다.

'언제 마법을 되찾게 될지는 모르겠지만…….'

현우는 자신이 마법을 되찾을 수 있음을 믿어 의심치 않았다.

언령에 문제가 생겼다곤 하지만, 이미 이전에 '진짜 현우'가 칼롯 코즈너의 마법 지식을 복제한 것만으로도 마법을 발동시키는 것을 직접 목격한바 있었다.

물론 그 힘은 7클래스에는 미치지 못하는 힘이었지만, 분명 진짜 현우가 말하길 서보람의 저택에서 지금의 현우가 리저렉션을 발동할 수 있던 것은 그가 있었기 때문이라고 했다.

그 말인즉슨 현재의 현우에게 여전히 7클래스의 가능성은 물론, 마법 역시도 모종의 이유로 발동이 되지 않을 뿐, 문제만 해결되면 충분히 가능하다는 의미였다.

'확실히 마나를 감지 못하는 건 아니니까…….'

현우의 의지에 따라와 주지 않을 뿐, 여전히 현우는 마나를 생생히 느낄 수 있었다.

'역시 내가 쌓은 언령 자체가 깨져 나갔을 가능성이 가장 크겠군.'

이미 현우는 자신의 상태에 대해 짐작하는 바가 있었다.

자신의 정신분열증, 또한 내면에 잠재되어 있던 진짜 현우의 존재에 의해 '자신'을 잃고, 스스로를 부정함에 따라 그를 믿고 따르던 언령의 힘 역시 소실된 것이리라 믿고 있었다.

그래서 최근 들어 현우는 다시 언령을 수련하는 중이었다.

이미 갔던 길을 다시 걷는다는 생각으로 그 옛날 처음 사부로부터 언령을 배우던 때처럼 말을 최소화하고 끊임없이 생각을 하며 마법을 갈구했다.

물론 겉으로 보기엔 전혀 바뀐 것이 없는 현우의 생활이었지만… 내적으로 현우는 상당한 변화를 겪는 중이었다.

거기에 현우는 지금 상당히 신경 쓰이는 바가 있었다.

'7클래스 마법사가 인근에 둘이나 있다는 말이지…….'

2주 전 병원 옥상에서 부탑주를 통해 얻은 정보에 의하면, 7클래스 마법사가 현우가 이상 행동을 할 때 인근에 있었다고 했다.

물론 이건 말속의 빈틈을 의심하지 못하고 맹목적인 믿음을 보인 탓에 생겨난 서로 간의 착각에 불과하지만, 지금 이 순간 그 정보는 현우를 마법에 더욱 매진하게 만들고 있었다.

'정말 그때 7클래스 마법사가 있던 거라면… 병실에서 마법이 발동하고 있던 걸 모를 리 없겠지.'

물론 그 마법사가 현우의 마법에 관심을 두지 않을 수도 있고, 현우가 아는 정황상 부탑주에게 쫓기는 상황이라 추정되는 만큼 미처 발견하지 못했을 가능성도 있지만, 어쨌거나 현우로선 신경이 쓰일 수밖에 없는 상황이었다.

혹여나 그 마법사가 홀연히 나타나 위협을 가한다면

지금의 현우로선 그 어떤 대응 수단도 하나 없는 탓이
었다.

더구나 예전 마법을 사용할 수 있던 시기의 현우가
진짜 현우의 기억과 경험에 영향을 받아 그야말로 자기
몸뚱이 외엔 잃을 게 없던 인물인 반면, 지금의 현우는
마법도 잃은 주제에 이것저것 지킬 게 많아진 몸이었
다.

아니, 정확히는 약점의 목록이라고나 할까?

그에게 여태껏 많은 친절을 베풀어온 이성희는 물론,
수도 없이 많은 도움을 준 서보람, 그리고 박성빈 사건
을 통해 자각하게 된 여동생의 존재까지…….

이전의 현우라면 이들이 다치든 말든 본인의 일에만
집중했을 테지만, 만약 누군가 그들 중 하나를 납치해
협박해 온다면 그 결과가 어떻든 예전처럼은 못할 거라
는 생각을 하는 현우였다.

거기에 아나피도 넣자고 한다면 추가할 수야 있겠지
만, 그 누구라고 한들 엘프를 함부로 건드릴 수 있을
만큼 간 큰 인물은 없었다.

물론 아나피를 노리고 서보람네 저택에 침입했던 인

물들이 있긴 하지만, 그 정도는 아나피 선에서 알아서 처리가 될 법한 일이었다.

이것 역시 그들이 마탑에서 부탑주의 지시를 받고 왔다는 것을 미처 알지 못한 현우의 착각이긴 하지만… 어쨌든 현우는 그렇게 생각했다.

'새엄마도… 넣을까?'

문득 약점 목록에 새엄마 박예은이 떠오른 현우였다.

그도 그럴 것이, 병원에서 본의 아니게 도움을 받기도 했고, 오랜 세월 오해로 남아 있던 서로의 일은 마법을 통해 공유했으며, 덕분에 오래도록 묵혀두었던, 미안하다는 말도 할 수 있었다.

물론 그 이후 부탑주가 기억을 조작하는 과정에서 무엇을 어떻게 했는지 그날 당일 현우를 향해 도시락을 던진 거나 뺨을 때리고 폭언을 한 것 등 병원에서의 일을 전혀 기억하지 못했지만, 무의식 속에 기억의 잔재가 남은 것인지 요즘 집에 들어갈 때면 세 번에 한 번은 새엄마와 눈을 맞출 수 있었다.

그간 현우가 어딜 가든 말든, 다치든 말든 간에 눈조

차 마주치지 않았던 걸 생각하면 장족의 발전이라고 할 수 있었다.

앞서 다른 사람들에 비해 상대적 중요도는 떨어지지만, 그 정도면 이제 가족의 영역으로 넣을 수 있는 것 아닐까 하는 게 현우의 생각이었다.

물론 보통의 진짜 가족들이 생각한다면 혀를 찰 일이겠지만…….

'그럼 그 사람도 목록에 넣지 뭐.'

어쨌거나 그렇게 생각을 정리한 현우는 여태껏 딴 짓을 하고 있던 자신을 아무런 제지도 하지 않은 채 잘만 수업을 진행하고 있는 교사의 뒤통수를 잠시 쳐다보다 책상에 머리를 박았다.

예전이라면 원래 세상으로 돌아갈 마법에 대해 연구하고 마법진을 개량하는 데 수업 시간을 할애했을 테지만, 당장 마나를 다룰 수 없어 아무리 연구해도 약식으로 실험조차 못하는 것을 굳이 할 필요는 없었다.

마법진을 직접 그려서 효과를 실험할 게 아니라면 그냥 머릿속으로 생각해 보는 것만으로도 충분했으니 말이다.

'그렇다고 수업을 듣자니…….'

살짝 고개를 들어 칠판을 본 현우는 선생이 문제를
쓰는 와중에 떠오르는 답을 집어삼키며 이내 다시 고개
를 책상에 처박았다.

이미 고등학교 수준의 수업은 현우에게 아무런 도움
이 되지 않는 것이었다.

그렇게 시간은 속절없이 흘러만 갔고, 지루함에 몸부
림치던 현우는 어느새 까무룩 잠이 들고야 말았다.

"여긴 어디지?"

꿈속에서 눈을 뜬 현우는 일전에 진짜 현우를 만났을
때처럼 사방에 아무것도 안 보이는 안개 속을 거닐고
있었다.

그 안개는 정말 이런 게 가능한지 의심이 들 만큼 너
무도 짙어서 앞을 향해 걸어가는 현우가 고개를 숙여
본인의 몸을 내려다보는데도 어렴풋한 실루엣으로 보일
정도였다.

그 때문에 현우는 길을 잃지 않고자 처음 출발했던
곳에서부터 열 걸음을 걸을 때마다 신발코로 땅에 깊은

흔적을 남겼다.

이토록 짙은 안개에 어울리는 습한 흙바닥이었기에 가능한 일이었다.

팍! 팍!

그렇게 계속해서 열 걸음에 한 번씩 바닥에 흔적을 내며 걸어가던 현우의 앞으로 갑가지 환한 빛이 내리쬐었다.

파아아아!

"큭!"

그 성스럽게까지 느껴질 만큼 환한 빛은 주변의 안개를 몰아냈고, 이내 눈앞의 길을 밝게 비춰주기 시작했다.

하지만 안타깝게도 현우는 너무도 밝은 빛에 앞을 분간할 수가 없었고, 자신의 눈앞에 나타난 길을 따라 걸을 수조차 없었다.

그때, 하얀빛으로부터 불쑥, 팔 하나가 튀어나왔다.

빛 속에서 튀어나온, 남성의 것으로 보이는 팔은 나머지 신체는 아마도 빛 속에 있는 듯 자연스러운 움직임이었다.

다만, 마치 허공중에 팔 하나만 떠 있는 것 같은지라 꽤나 기괴해 보였다.

그리고 이런 게 나타났는지도 모르는 현우가 여전히 눈을 가리고 있자 그 팔은 덥석, 현우의 팔을 잡더니 빛이 열어둔 길을 따라 끌어당기기 시작했다.

"윽! 뭐냐! 누구지?"

질질.

그 완력이 어찌나 억세고 완고한지 현우의 힘으로 그 것을 벗어나는 건 도저히 불가능했기에 질질 끌려가는 와중에도 몇 번이고 소리쳤다.

자신을 끌고 가는 이 손의 주인이 누구인지 계속해서 물었다.

"……."

"젠장! 네가 누군지 알려주지 않더라도 어디로 가는 지 정도는 알려줘도 되는 거 아니야? 어차피 내가 거기 까지 끌려갈 거라면 말이야!"

현우는 나름의 타협점을 찾기 위해 여전히 제대로 보이지 않는 빛 쪽을 향해 협상을 시도했지만, 여전히 빛무리에서 튀어나온 팔이 잡아당길 뿐, 상대는 묵묵부답

답이 없었다.

결국 상대가 대화를 할 의사가 없음을 확인한 현우가 한참 뒤에야 더 이상 말을 하지 않고 순순히 끌려가기 시작했다.

대신 잡혀서 끌려가는 팔의 반대 손을 들어 자신을 잡고 있는 손을 꼼꼼히 만져 보았다.

누군가의 손 모양 같은 것을 기억하는 것은 아니지만, 무언가 특징이 있다면 지금 자신을 끌고 가는 게 누군지 조금이나마 힌트가 될지도 모르는 일이었으니 말이다.

더듬더듬.

남자가 남자의 팔을 더듬는 게 불쾌하기도 하련만, 팔의 주인은 아무 상관 없다는 듯이 현우가 자신의 팔에 무슨 짓을 하든 그저 길을 따라 걸어만 갔다.

그리고 한참 뒤, 더듬으며 살피던 팔로부터 현우의 손이 떨어져 나왔다.

'이 오른팔… 어쩐지 익숙하군.'

알아낸 거라곤 그다지 없지만, 어째선지 그 팔 자체가 익숙하다는 느낌을 받은 현우는 이젠 그냥 멍하니 끌려가기 시작했다.

'이 중지손가락 첫마디에 난 혹을 보면 펜을 오래 쥐는 사람이려나?'

그나마 알아낸 것이라곤 중지손가락에 굳은살이 있다는 것을 통해 펜을 오래 사용하는 사람 정도란 것을 알 수 있었지만… 현우가 아는 사람 중엔 손가락에 굳은살이 없는 사람을 세는 게 더 빨랐다.

그도 그럴 것이, 현우가 아는 대부분의 남성은 다들 마법사였으니 말이다.

일평생 손으로 뭘 적어 외우고, 마법으로 써보고 하는 족속들인 이상 굳은살이 없는 경우가 오히려 드물었다.

바로 그때, 현우를 이끌던 빛과 손이 우뚝, 멈춰 섰다.

'도착한 건가?'

여전히 앞을 볼 수 없는 현우였지만 지금 멈춰 선 곳이 도착 지점이라는 생각에 궁금증이 들어 눈꺼풀을 뚫고 들어오는 빛을 막듯 손으로 살짝 눈을 가리며 눈을 떴다.

그러자 빛의 덩어리가 서 있는 앞은 여전히 볼 수 없지만, 자신의 팔목을 쥐고 있는 상대의 손을 볼 수는 있었다.

'진즉에 이렇게 할걸.'

당황한 탓에 이렇게 간단한 것조차 떠올리지 못한 스스로를 자책한 현우는 자신을 이곳에 세워둔 채로 꿈쩍도 하지 않는 사람의 팔을 찬찬히 훑어봤다.

그러나 그 팔은 어쩐지 익숙하게 보일 뿐, 특징이라곤 전혀 없었다.

그에 반해 다른 무언가가 눈에 들어왔다.

"……응?"

현우는 자신의 발끝에 걸리는 흙더미의 감촉에 깊게 고개를 숙여 발치 앞을 꼼꼼히 확인했다.

그러곤 벌컥 화를 냈다.

"이봐! 여기 내가 처음에 있던 곳이잖아!"

그랬다. 그곳은 현우가 처음 이곳에서 눈을 떴던 자리, 혹시나 길을 잃어 이곳에 다시 돌아올 것을 우려하여 다른 어떤 곳보다 큼지막하게 흔적을 남겨둔 출발지점이었다.

그때, 그 말을 들은 것인지 팔목을 붙잡고 있던 손이 갑자기 현우를 놓고는 점차 하늘로 떠올랐다.

"어? 어디 가는 거야?"

'그것은… 항상 그 자리에…….'

"뭐……?"

여태껏 아무런 말도 하지 않아 상대가 벙어리가 아닐까 의심하고 있던 현우는 느닷없이 머릿속으로 울려 퍼지는 목소리에 흠칫 몸을 떨다 이내 눈을 크게 떴다.

간신히 손의 틈새로 확인한, 허공으로 떠오르는 팔의 손목 안쪽에서 무언가를 발견했기 때문이다.

'저건……!'

손목을 절단하는 모양으로 길게 그어진 상처.

그것은 흔히 자살흔이라고 불리는 것으로, 그게 남아 있는 사람은 주저해서 죽지 못했다는 의미로 다른 말로는 주저흔이라고도 부르는 것이었다.

그리고 현우는 손목에 그게 있는 사람에 대해 아주 잘, 누구보다 잘 알고 있었다.

또한 그것을 아까 만져 봤을 때 왜 느끼지 못했는지 자신의 둔감함을 한탄했다.

그때, 현우의 머릿속으로 다시 한 번 아까의 목소리가 들려왔다.

'언제나. 항상. 그곳에…….'

"잠깐……!"

어느새 하늘 어딘가로 사라져 실루엣조차 보이지 않게 된 팔을 향해 현우가 손을 뻗으며 외쳤다.

"잠깐만……!"

하지만 어느새 스멀스멀 나타난 안개가 이내 현우의 시야를 처음과 같이 가려 버렸고…….

더 이상 빛의 흔적조차 보지 못하게 된 현우는 절규하듯 하늘을 향해 외쳤다.

"멈춰어어어어!"

"멈춰어어어어!"

우당탕!

"……."

"……."

"……."

자리를 박차고 일어난 현우가 허공에 손을 뻗으며 절

규하는 순간, 모두의 시선이 현우를 향했고… 그야말로
다들 그 자리에 마법처럼 멈췄다.

　선생님도… 학생들도… 모두 다.

　그 자리에서 숨도 쉬지 않는 것처럼 미동도 않고 멈
춰 현우를 쳐다봤다.

　"……."

　그렇게 정말 아무도 움직이지 않는 몇 초간의 정적이
있은 뒤.

　현우는 하늘을 향해 쭉 뻗고 있던 팔을 슬며시 내리
며 자리에 착석하려다 여전히 멀뚱히 멈춰 있는 선생을
향해 말했다.

　"……잠시 화장실 좀 다녀오겠습니다."

　그러곤 대답도 듣지 않고는 곧장 교실에서 퇴장해 버
렸다.

　그렇게 현우가 교실을 빠져나가자…….

　"……파하!"

　"풋!"

　"큭… 큭큭큭!"

　"…놀래라."

마치 마법이 풀린 듯 모두가 동시에 움직이기 시작했다.

모두들 긴장했는지 굳은 어깨를 풀며 각자 방금 본 것에 대한 감상을 늘어놓기 시작하자 곧 교실이 시끌벅적해졌다.

조금 전, 몇 초간 사람은커녕 먼. 지. 하. 나. 조차도 움직이지 않던 상황을 떠올린다면 그 모습은 가히 반전이라고 할 만큼 소란스러웠다.

탕탕탕!

"자자! 조용!"

소란을 진정 시키고자 교탁을 탕탕, 내려치는 선생의 손에서 허연 분필 가루가 휘날렸다.

하지만 워낙에 갑작스럽고 재미난 상황이었던 탓에 소란은 쉽게 가라앉지 않았고, 그로부터 한참 뒤 세수를 하고 온 듯한 현우가 교실에 들어서고 나서야 소요는 겨우 진정되었다.

하지만 그날 현우와 같은 반에 있던 모두는 친구들과 만날 때면 매번 그 순간을 추억했다.

그 '마법과도 같던' 한순간을.

*   *   *

세상이 소란스러운 탓이었을까.

마법사가 세간의 주목을 받고 주류로 떠오르기 시작한 탓일까.

천정부지로 치솟는 마법사들의 몸값에 세계 이곳저곳에서 단체나 협회가 만들어지며 마침내 마법사들이 공동의 목적과 이익을 위해 무거운 몸을 움직이기 시작했다.

수도 없이 반복해서 일어나는 재해 현장에 찾아가 그들이 연구하고 발명한 특화된 마법들로 재해를 막고, 사람들을 구조했으며, 그 대가로 많은 돈을 받아가곤 했다.

이들의 행동은 돈을 받고 하는 만큼 결코 영웅적인 모습은 아니었지만, 국가로부터 지불된 금액에 따라 세계 각지에서 고통 받는 사람들을 신비로운 힘으로 구원해 나가는 모습은 사람들을 매료시키기에 충분했다.

그리하여 단 몇 주 사이에 세상엔 마법사 열풍이 불기 시작했고, 모든 부모들은 자신의 자식이 뛰어난 마법사가 되기를 희망했으며, 노력보다는 재능에 의해 선발되는 마법사가 되기 위해 새롭게 공부를 시작하는 사람들이 쏟아져 나오기 시작했다.

그런 와중에 마탑이라는 마법사 단체가 세상에 공식적으로 모습을 드러냈다.

처음 마탑이 모습을 드러냈을 때, 세상 사람들은 큰 관심을 보였다.

그도 그럴 것이, 한창 마법사 열풍이 불고 있는 이때, 우후죽순처럼 난립하는 마법사 단체들 속에서 몇 안 되는 전통성을 주장하는 마법사 단체였기 때문이다.

그들이 다른 급조된 마법사 단체와는 달리 역사가 있는 마법사 단체라는 점은 많은 사람의 관심을 끌었고, 재앙에 대항하고자 하는 많은 국가들이 마탑에 지원 요청을 보냈다.

마탑은 이를 승낙하여 세계 곳곳으로 마탑의 마법사들을 지원 보냈고……

당연하게도 마탑은 더욱 큰 관심을 받게 되었다.

마탑이 지원 보내는 수십, 수백 명의 모든 마법사들이 최저 3클래스의 마법사임이 그 주목의 첫 번째 이유였고, 그들이 펼치는, 전문화되고 완벽한 마법적 재해 처리 능력이 여태껏 급조된 마법으로 어찌어찌 막아내던 기존의 마법사들과는 차원을 달리했다는 것이 두 번째 이유였다.

또한 남들과는 달리 압도적으로 많은 고위급 마법사를 보유하고 있으며, 전 세계 최초로 공식적인 7클래스의 마법사가 있음을 드러냈기에 마탑은 단숨에 세계 제일의 마법사 단체가 되어버렸다.

그 과정은 너무나도 자연스럽고 한 점 흠잡을 곳이 없어서 모두들 그 과정에서 일어난 이상한 일을 전혀 느끼지 못했다.

바로 마탑이 일을 맡고 나서 그 수가 줄어드는 재해의 숫자였다.

그 급격한 차이는 정말이지 한눈에 보일 만큼 대단했지만, 모두들 마탑의 활약과 세계 유일의 7클래스 마법사가 펼치는 절대의 마법에 매료되어 다른 마법 단체

들마저 흡수하기 시작해 몸집을 불려가는 마탑에 대해
전혀 의구심을 갖지 못했다.

[어스…퀘이크!]

지진을 불러일으키는 초대형 7클래스 마법인 어스퀘
이크의 발동어가 튀어나온 순간, 화면 속의 모든 것들
이 흔들리기 시작했다.

그리고 동시에 금방이라도 폭발할 것처럼 연기를 뿜
어내던 화산이 거짓말처럼 잠잠하게 멈춰 버렸다.

그 영상은 마탑의 부탑주이자 공식 7클래스의 마법
사인 박청우의 첫 등장과 활약을 담은 영상으로, 전
세계 최대의 동영상 사이트에서 토탈 조회수 20억이
라는 말도 안 되는 수치를 찍으면서 사실상 인터넷망
이 존재하는 국가의 국민 대다수가 본 영상이 되어버
렸다.

그리고 이 영상을 올린 국가이자 7클래스 마법사 박
청우가 부탑주로 있는 세계제일의 마법사 단체인 마탑
의 소재지가 된 한국은 덩달아 그 위상이 끝 모르고 상
승하는 중이었다.

**언령의
주인**

그리고 어마어마한 유명인사가 된 부탑주 박청우는⋯⋯.

"해제."

스르륵―

투명화 마법까지 써서 남의 집 담장에 오른 뒤, 그곳에서 내부를 지켜보는 중이었다.

"흠, 오늘도 여전하군."

언제나와 다를 바 없이 철저한 경계 속에 있는 서가의 내부를 탐색 중인 그였다.

이제 대한민국에서 마탑을 경계하는 곳은 오직 두 곳, 이곳 대한민국의 재벌인 서씨 가문과 마법사들로 이루어진 제2국정원뿐이었다.

제2국정원이 꾸준히 언질을 준 탓인지 대한민국 정부도 갑작스레 등장해 덩치를 키워 나가는 마탑에 대해 처음엔 꽤나 경계를 했지만, 거의 무상에 가까운 값으로 한국 정부의 많은 업무를 지원하는 마탑의 마법사들 때문인지 경계를 푼 지 꽤 오래되었다.

그에 반해 국가를 위해 선발된 최고 지성의 모임이라고 할 수 있는 천재들의 집단, 제2국정원은 여전히 마탑을 굉장히 불신하는 태도를 보이고 있었다.

사실 그들의 태도는 꽤나 합당한 일이였다.

국정원조차 흔적만을 간신히 더듬었을 뿐, 여태 그 존재가 불분명하던 정체불명의 마법사 집단이 느닷없이 한국을 근거지로 하여 세계에 얼굴을 드러냈을 뿐 아니라 이미 수십 년의 역사를 지닌 곳이라고 선언하기 까지 했으니.

보는 시각에 따라 국정원의 무능을 보인 것이나 다름 없으니 그들로서는 적대하기에 충분한 이유가 되는 셈이었다.

하지만 그들 역시 마법사.

아무리 그들이 명예와 자존심을 중요하게 여긴다고 해도 국가의 안전이라는 자신들 최대의 목적을 위해서라면 냉철한 판단하에 얼마든지 허리를 굽힐 준비가 된 인물들이었다.

그럼에도 불구하고 국가에 막대한 이득을 갖다주는 마탑에 대해 그들은 절대 우호적이지 않았다.

그만큼 마탑이 수상했던 탓이다.

처음부터 국정원과 친하기는 힘들 거라고 생각한 마

탑인 만큼 이미 부탑주가 대통령과 직접 대면을 통해 자신들을 의심하는 국정원에 대한 의사를 슬쩍 내비쳤고, 그로 인해 국정원은 현재 활동이 극히 제한된 상태였다.

즉, 현재의 국정원은 이제 적대를 하든 말든 별 상관없는 위치가 되었다는 말이었다.

그에 반해…….

'서가는 아직 여전히 위험하지.'

일전에 마탑의 마법사 20명이 단숨에 몰살당했던 곳.

그런 어마어마한 무기가 있으리라 짐작되는 그곳은 재력으로 보나 무력 및 사회적 위치로 보나 여전히 마탑에 큰 위협이 되는 존재였다.

특히나 7클래스의 대마법사인 부탑주조차 함부로 들어가길 꺼려할 만큼 그 안에 있을 정체불명의 무기는 굉장히 위협적인 존재였다.

'어떻게든 정체를 좀 알아냈으면 좋겠는데…….'

부탑주 역시 마법사답게 자신이 모르는 게 있다는 걸 싫어하는 사람이고, 마탑에 위협이 되는 게 있다는 것은 더더욱 싫어하는 사람이었다.

그래서 그는 매일 틈만 나면 이곳 서가에 찾아와 내부의 사정에 대해 알아볼 방법을 심각하게 고민하는 것이었다.

'어떻게든 그때 현장에 있던 인물을 빼돌리기만 하면……'

그다음은 마법으로 알아낼 수 있었다.

그렇기에 그는 안 해본 짓이 없었다.

마법으로 직접 잠입하는 것은 내부 장치가 마음에 걸려 하지 못했지만, 그 당시 안에 있었을 것이라 예상되는 인물들의 지인으로 위장해 상대를 불러내거나 느닷없이 친족상 등을 만들어 끌어내고자 했다.

하지만 그 어떤 것도 그들에겐 먹히지 않았다.

지인으로 위장하여 전화를 하면 해당 지인에게 직접 사람을 보내 확인시켰고, 친족상이 생기면 서가에서 직접 지원하여 특별히 지원한 안가에서 수십의 호위를 대동한 채 장례 절차를 진행했다.

물론 그 수십 명의 호위 정도는 부탁주에겐 얼마든지 제압할 수 있는 힘이 있었지만, 문제는 여전히 그 병기였다.

형태도 모르고, 방식도 모르는 그 병기는 그를 방해하는 유일한 물건이었다.

정말 그게 어떠한 오버 테크놀로지로 만들어낸 휴대용 레일건이라도 되는 날에는 제아무리 부탑주라 해도 살아날 방법이 없었다.

물론 그만한 기술을 서가가 보유했다고는 생각하기 어려웠지만, 부탑주도 인간인 이상, 그리고 마법사인 이상 어쩔 수 없는 부분이 분명히 있었다.

'그나마 가장 가능성 있는 것이 바로 저 꼬맹이인데…….'

부탑주는 마법으로 몸을 숨긴 채 정문을 통과하고 있는, 서보람이 탄 차량을 지켜보았다.

그녀는 매일 아침 일찍 나가 저녁 늦게야 돌아오는, 그야말로 평범한 고등학교 생활을 하고 있었다.

규칙적인 생활 패턴은 여러모로 나쁜 일을 꾸미기에 도움이 되었다.

하지만 문제는 그녀가 서가의 금지옥엽이라는 점이었다.

만약 그녀에게 무슨 문제가 생긴다면 서가는 정말 모든 것을 동원해서 범인을 색출하고자 할 것이다.

그리고 서가가 지닌 한국에서의 영향력을 생각해 볼 때, 설령 마탑이 범인으로 밝혀지지 않는다고 해도 꽤나 고생을 해야 할 것은 자명한 일이었다.

게다가 부탑주가 그녀를 함부로 하지 못하는 데는 또 다른 개인적인 이유도 있었다.

'저게 고 녀석의 여자 친구일지도 모른다는 말이지…….'

부탑주가 예전부터 점찍어둔, 그 앙큼한 녀석.

현우의 절친한 지인이라는 점이 그에게 있어 큰 걸림돌이었다.

물론 일단 저지르고 나서 잡아뗀다는 방법도 있겠지만, 부탑주로선 현우를 온전히 갖고 싶은 마음이 컸기에 함부로 일을 저지를 수는 없었다.

그런데 바로 그때였다.

부탑주의 고민과 노력을 하늘이 가상히 여겨 상이라도 주는 것이었을까?

그토록 기다리고 기다리던 순간이 찾아왔다.

아마도 답답함에 산책을 나온 듯, 사건 당일 1층에 있던 사람 중 한 명임이 분명한 용모의 인물이 서가의 넓은 정원을 거닐고 있었다.

최근 그들에게 수상한 전화—부탑주의 그들을 끌어내기 위한 시도—의 실체가 밝혀짐으로써 경계가 한층 더 강화되었다곤 하지만, 오래도록 지켜보기만 하고 전혀 나타나질 않으니 어느새 마음이 나태해졌나 보다.

정말 어쩌면 함정일지도 모른다는 생각이 순간 부탑주의 머릿속으로 스치고 지나갔지만, 이내 고개를 저었다.

무려 7클래스의 대마법사가 펼치는 스캔 마법이었다.

아무것도 걸리는 바가 없었다.

게다가 그에겐 많은 시간이 필요하지 않았다.

그가 누군가로부터 기억을 뺏는 데 필요한 건 단 수십 초뿐.

물론 그렇게 급하게 필요한 정보를 빼앗는다면 대상자의 안전을 보장 할 수 없지만… 그건 부탑주에겐 상관없는 일이었다.

스윽—

이내 결심을 굳힌 부탑주가 웅크려 있던 몸을 일으켜 담장에서 내려갔다.

파사사삿!

"……?"

헤이스트를 동원해 달려온 부탑주가 풀을 밟는 소리에 목표물이 순간 뒤를 돌아봤지만, 투명화 마법이 걸린 부탑주를 알아볼 수는 없었다.

상대가 자신을 보지 못했음을 확인한 부탑주는 이상함에 고개를 갸웃 거리는 목표물의 머리에 손을 얹었다.

그런 그의 눈앞으로 그날의 일이 재생되어 갔다.

＊   ＊   ＊

제2국정원의 공용 사무실.

그곳에는 여러 명의 국정원 직원들이 바쁘게 무언가 자료를 찾고 있었다.

"아직도 밝혀진 내용이 없나?"

요원들 사이를 이리저리 돌아다니며 초조함을 감추지 못하던 장호민 차장이 부하에게 물었지만, 대답은 가로로 흔들리는 고갯짓뿐이었다.

'제길, 분명 마탑이 틀림없는데!'

일전에 국정원 요원 네 명의 목숨을 앗아간 마법사들.

그들의 흔적은 분명 마탑으로 이어져 있었다.

마탑으로서는 자신들이 이렇게까지 확실하게 의심받고 있으리라고는 전혀 모르겠지만, 어찌 보면 당연한 일이었다.

당시 죽은 국정원 요원들은 십수 년간 이 바닥에서 구른 베테랑.

비록 마법 실력 등의 전투력이 모자라 죽고야 말았지만, 그들은 죽기 직전까지 자신들의 할 일을 다 했다.

적이 마법사임을 밝혀냈고, 그들의 흔적이 끊긴 곳을 정확히 알려주고 사망한 것이다.

하지만 후자의 경우는 그간 충분한 도움이 되지 못했다.

끊긴 흔적만으로는 그들을 추적할 수 없었기 때문이다.

그러나 얼마 전, 대한민국에 마탑이 그 모습을 드러내면서 상황은 바뀌고야 말았다.

그들이 사라진 자리, 흔적이 끊긴 자리로부터 그리 멀지 않은 곳에 마탑의 지부가 있다는 것을 장호민 차장이 찾아낸 것이었다.

정체를 알 수 없는, 실력이 뛰어난 마법사 집단이라고 하니 정말이지 마탑이 가장 확실한 대상일 수밖에 없었다.

하지만 그것만으로 그들을 추궁하기엔 모자랐다.

그들은 이미 전 세계적인 유명 인사이며 정부로부터 신뢰를 얻어낸 초거대 단체.

아무리 의심이 간다고 해도 확실한 증거도 없이 움직일 수는 없었다.

그래서 그들은 지금 이 순간, 눈에 불을 켜고 찾고 있는 것이었다.

그간 정체불명의 마법사들이 관련된 범죄나 그들의 흔적이 마탑으로 연결되는 모든 증거들을 말이다.

'제발…….'

"하나만 걸려라……!"

소중한 동료를 단숨에 죽음으로 몰고 간 이들에 대해 복수의 열망을 담은 장호민 차장의 눈이 새파랗게 빛났다.

〈『언령의 주인』 6권에서 계속〉

언령의
주인

1판 1쇄 찍음 2015년 11월 30일
1판 1쇄 펴냄 2015년 12월 4일

지은이 | 진 솔
펴낸이 | 정 필
펴낸곳 | 도서출판 **뿔미디어**

편집장 | 이재권
기획 · 편집 | 문정흠

출판등록 | 2002년 9월 11일 (제081-1-132호)
주소 | 경기도 부천시 원미구 소향로 17번길(두성프라자) 303호 (우) 14544
전화 | 032)651-6513 / 팩스 032)651-6094
E-mail | bbulmedia@hanmail.net
홈페이지 | http://bbulmedia.com

값 8,000원

ISBN 979-11-315-6896-5 04810
ISBN 979-11-315-6523-0 04810 (세트)